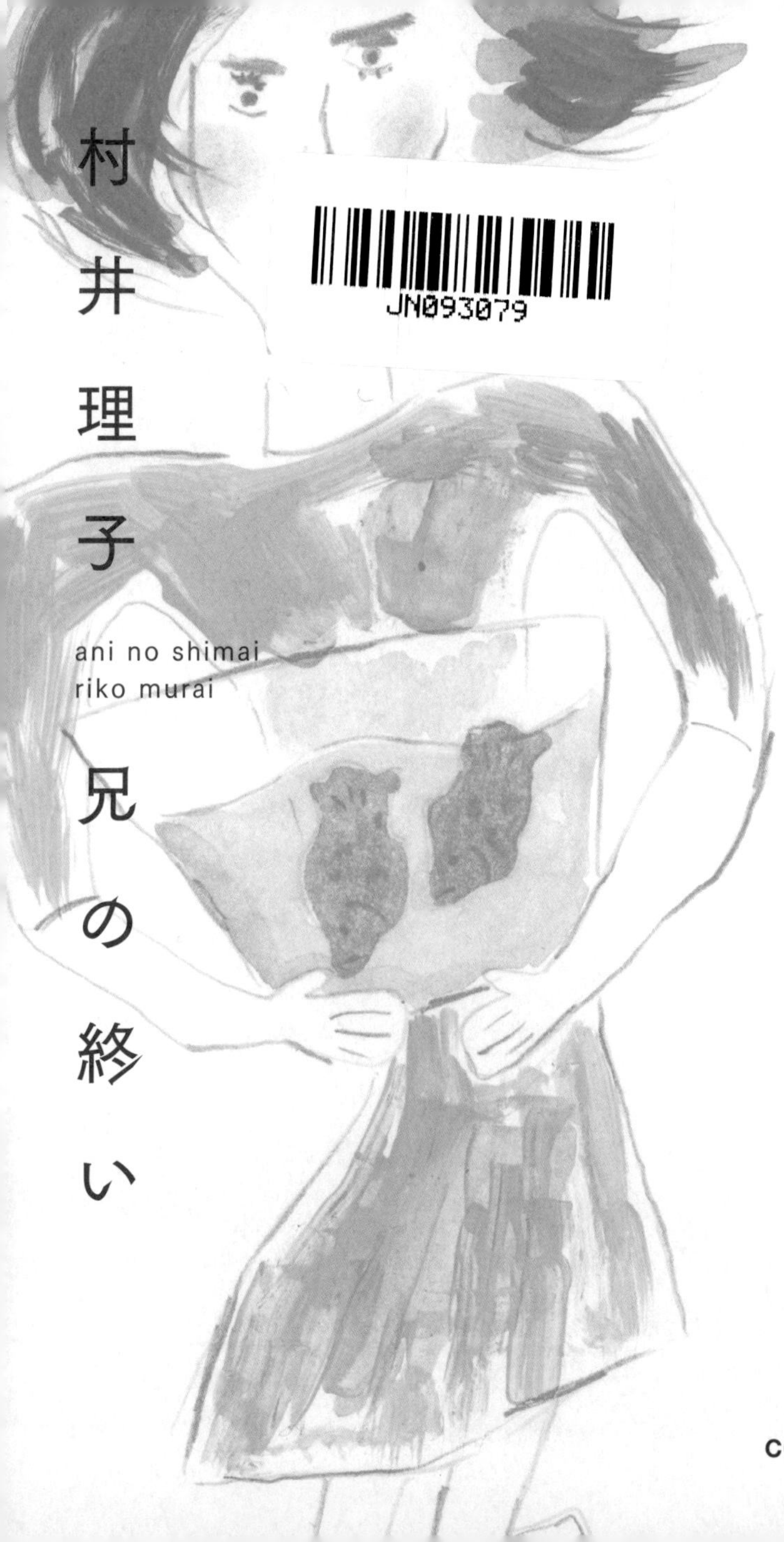

村井理子

ani no shimai
riko murai

兄の終い

CCCメディアハウス

兄の終い

イラストレーション
及川ゆき絵
ブックデザイン
鈴木成一デザイン室

兄の終い
目次

プロローグ

二〇一九年十月三十日水曜日

「夜分遅く大変申しわけありませんが、村井さんの携帯電話でしょうか？」と、まったく覚えのない、若い男性の声が聞こえてきた。戸惑いながらそうだと答えると、声の主は軽く咳払いをして呼吸を整え、ゆっくりと、そして静かに、「わたくし、宮城県警塩釜警察署刑事第一課の山下と申します。実は、お兄様のご遺体が本日午後、多賀城市内にて発見されました。今から少しお話をさせて頂きたいのですが、よろしいでしょうか？」と言った。

仕事を終え、そろそろ寝ようと考えていたところだった。

滅多に鳴らないｉＰｈｏｎｅが鳴り、着信を知らせていた。滅多に鳴らないうえに、そのときすでに二十三時を回っていて、着信番号は〇二二からはじまるものだった。〇二二？　まったく覚えがない。こんな時間に連絡があるなんてよっぽどの用事だろう。わかってはいたものの、部屋を見回し、家族全員がいることを確認して、少し安心した。自分にとって、最悪なことは起きていない。

ｉＰｈｏｎｅが鳴ったことに気づいた夫がテレビのスイッチを切った。ただならぬ様子を察知した息子たちが、ｉＰａｄから顔を上げてこちらをじっと見た。ペットの犬も息子たちにつられて首を持ち上げ、鼻を動かした。

「今日、ですか？」

「本日、十七時にご自宅で遺体となって発見されました。死亡推定時刻は十六時頃、第一発見者は同居していた小学生の息子さんです」

塩釜署の山下さんによると、兄はその日、多賀城市内のアパートの一室で死亡し、私の甥にあたる小学生の息子によって発見された。十五時頃、甥が学校から帰宅したときには異常がなかったが、ランドセルを置いて友達の家に遊びに出かけ、再び帰宅した十七時、寝室の畳の上で倒れていた。即死に近い状態だったという。

死亡時の年齢、五十四歳。

「息子さんが救急車を呼び、息子さんから連絡を受けた担任の先生が、警察が到着するまで息子さんと一緒にいてくださったという状況です。ご遺体は現在、隣の塩釜市にある、ここ塩釜署に安置されています。というのも、多賀城市には警察署がありませんので……。

それから、病院以外の場所でお亡くなりになりましたので、事件性の有無を捜査しなければならず、検案（※病院以外で発生した原因不明の死亡ケースで、監察医が死亡を確認し、死因や死亡時刻などを総合的に判断すること）が行われました。死因は脳出血の疑いです。お薬手帳を確認しましたが、持病がいくつかおありだったようですね。糖尿、心臓、高血圧の薬を飲んでいらっしゃいました。

それで……遠方にお住まいで大変だとは思いますが、ご遺体を引き取りに塩釜署にお越し頂きたいのです。あの、メモはございますか？」

そう言うと山下さんは、次々と電話番号を私に伝えはじめた。

兄が住んでいたアパートの大家さん、不動産管理会社、甥が通っていた小学校、そして甥の実母で、兄の前妻の加奈子ちゃん……。

呆然としてしまった。関西から東北に移動するのに、いったいどれぐらいの時間がかかるというのだろう。塩釜と突然言われても、イメージがまったく湧いてこない。え、塩釜って、たしか宮城県でしょ？　この人いま、釜石って言ってた？

そのうえ、週末には二日連続で大阪の書店でのトークイベントが控えていた。翌日早朝に自宅のある滋賀県から塩釜市に向かったとしても、二日後の金曜日には戻ってこなければならない。

塩釜市で遺体を引き取り、火葬し、隣の多賀城市にあるアパートを引き払うなんて大仕事が、たった二日でできるはずもない。

混乱しながらも、必死に訴えた。

「実は今週末に大事な仕事がありまして、すぐには行けないのです」と言いながら、実の兄が死んだというのに仕事で行けないっていうのも変な話だよなと思った。しかし同時に、もう死んでしまっているのに今から急いでもどうにもならないと考えた。

塩釜署の山下さんは、「突然のお話ですから当然だとは思います。それで、いちばん早くてどれぐらいで塩釜までお越し頂けます？」と答えた。

頭のなかでスケジュールをざっと確認した。

子どもたちの学習塾の予定、原稿の締め切り、家事、犬、そして何より書店でのイベントだ。

「いちばん早くて来週の火曜日、五日です」

「それでは五日まで塩釜署にてご遺体はお預かりします。ご自宅でお亡くなりになったということで、死体検案書という書類をお医者様に作成して頂いています。この書類は、お兄様の戸籍抹消と、埋葬や火葬のために必要な書類です。この作成費用が五万円から二十万円かかります。先生によってお値段が違いまして……いずれにせよ、ご遺体の引き渡しの際にこちらのお金がかかって参りますので、少し多めにご準備頂ければと思います」

死体検案書という言葉も初めて聞いたが、その値段が医師によってそんなにも幅があるとは驚いた。混乱しながらも、頭のなかではすでに金策がはじまっていた。じわじわと不安が広がるのがわかった。自分にとってはかなりの金額を短期間で用意する必要があることに気づいたからだった。

「それでは塩釜署でお待ちしております」と言いつつ、電話を切りそうになっている山下さんに慌てて質問した。

「兄の息子なんですが、今どうしているんですか?」

「息子さんは児童相談所が保護しています。明日以降、児童相談所からも連絡が行くと思いますのでよろしくお願いします」

そして山下さんが急に思い出した様子で、今度は私にこう聞いた。

「あ、こちらの葬儀屋さんとかご存じです?」

DAY ONE

宮城県塩釜市塩釜警察署

「たった一人のお兄さんやろ？」

自宅の最寄り駅から京都行きの始発電車に乗り、ここ数日のできごとについて考えていた。「お兄様のご遺体が本日午後、多賀城市内にて発見されました」という、塩釜署の山下さんの言葉が、何度も脳内で再生された。その特徴的な東北訛《なま》りが耳にしっかりと残っていた。

山下さんは、遺体引き取り時に必ず持ってきて欲しいと、死体検案書について私に念を押していた。

「葬儀屋さんに、検案書の取得と代金の立て替えを依頼できるはずです。いちど確認してみてください。遠方からお越しですから時間を無駄にすることがないように、こちらも短時間でお引き渡しできるようすべての書類は準備しておきます」と、塩釜警察署に運び込まれる遺体の引き渡しに慣れているという葬儀社二社を教えてくれた。

つまり塩釜署は、一刻も早く私に遺体を引き渡したい。しかし、引き渡された私はいったいどうすればいいのか。

たった一人で塩釜に向かうだけでもハードルが高いのに、いきなり兄の遺体を引き渡されて、どうしろというのだ？　兄は身長が百八十センチほどの大柄な男だった。あんなに大きい男（それも遺体）、どうやって運ぶの？　いきなり斎場？　えっ、まさかの喪主？

山下さんは、「これから先、ご遺体の状態が悪くなることも予想されます。お兄様との対面ができない可能性もあります。その点、どうぞ、ご理解ください」と、申しわけなさそうに言った。

大きいうえに状態が悪いとか、本気で勘弁して欲しい。

塩釜署の山下さんとの電話を切った私は、完全にうろたえた。年老いた親戚の顔を次々と思い浮かべ、いったい誰が塩釜まで兄を見送りにやってくるのだと笑いたい気持ちになった。
父が死んで三十年、東京近郊に住む父方の親戚とはほとんど交流がない。母も五年前に他界し、母方の親戚とも滅多に連絡を交わさない。

兄が住んでいたアパートはどうなっているのだろう。塩釜署の山下さんによれば、部屋には警察がすでに立ち入り、大家さんも、不動産管理会社の担当者も駆けつけたという。児童相談所も、学校の先生も、甥の良一君に付き添い、当面の荷物を運び出すためにアパートまで来てくれたそうだ。
兄の最期の様子がどうだったのか、部屋はどうなっているのかなど、状況の詳細はほとんどわからなかった。唯一わかっていたのは、「汚れている」ということだった。山下さんの口調から、それ以上詳しいことは電話では言えないという雰囲気を察知していた。

とにかく、計画はこうだ。

遺体を引き取ったら、塩釜署から斎場に直行し、火葬する。一刻も早く、兄を持ち運べるサイズにしてしまおう。それから兄の住んでいたアパートを、どうにかして引き払う。これは業者さんに頼んで一気にやってもらう。

塩釜署の山下さんが教えてくれた葬儀社名を書いたメモを見ながら、混乱した頭のなかを整理していった。とにかく火葬までは急がなければならない。その先は後から考えればいい。徐々に肝が据わってきた。

いったい何が起きたのかと説明を待つ夫に、「兄ちゃんが死んだってさ」と言うと、さすがに驚いた様子だった。夫と兄は一歳しか年が離れていないのだ。

息子たちは、えっと驚いて、あのおじさんが？　と困惑していた。

「いつかこんな日が来るとは思ってたけど、予想よりずいぶん早かったよね」と冷静に言う私に驚いた次男は、目を丸くしながら、

「悲しいとかないの？　たった一人のお兄さんやろ？」

と言った。

私はその問いに答えることができなかった。

元妻・加奈子ちゃん

翌日、塩釜署の山下さんに教えてもらった葬儀社に朝いちばんで連絡をした。電話に出た女性に、兄の遺体が塩釜署にあるので火葬をしたいと説明すると、すぐに担当の男性と代わってくれた。男性は確かに慣れた様子だった。

「死体検案書のほうは、どちらの先生が担当されたかご存じですか？」

「高橋医院だと聞いています」

「高橋先生ですね！　よかったぁ、いい先生なんですよ〜。それではこちらで検案書は頂いておきますので、そのまま塩釜署にお越しください。すべてご準備させて頂きます。どうぞお気をつけて」

五日正午、塩釜署前での待ち合わせがあっさり決まった。

次に私が連絡を取ったのは、兄の元妻で、兄を発見した甥の良一君の母である加奈子ちゃんだった。私が彼女に最後に会ったのは五年前で、私の母の葬儀のときだった。

「こんなことで連絡するなんて本当に残念なんだけど……」と言う私に、加奈子ちゃんは以前と変わらずハキハキとした声で、「本当にね」と答えた。

加奈子ちゃんは、兄よりは十歳以上年下だった。美しく、頭の回転がとても速い人だ。兄と離婚したのは七年前で、兄が故郷から宮城県に越してくる年のことだった。

「それで、良一君の様子は聞いた？」

「ある程度は聞きましたよ。元気だそうだけど、あまり話をしないって……」

「そりゃあね……。本当に申しわけないんだけど、私、塩釜に行けるの五日なんだよね」

「私も仕事あるし、良一に会おうと思ったら理子ちゃんが来てくれないと、いずれにせよ無理みたいで。あの人に親権があったから、良一に会うには、親類の立ち会いがいるみたいなんですよね。とにかく、私も塩釜署に行きますね」

兄と加奈子ちゃんが離婚したとき、上の子どもたちの親権を加奈子ちゃんが、そして末っ子の良一君の親権を兄が持った。その経緯について、私は詳細を聞いていなかった。しかし電話の声から、加奈子ちゃんが一刻も早く良一君を迎えに行きたい気持ちでいることは強く伝わってきたし、彼女の心情は痛いほど理解できた。

「とにかく、京都発の始発の新幹線に乗って塩釜に向かうから。塩釜署の前でお昼前ね」

「了解です。それじゃあ、気をつけて」

「ねえ、兄ちゃんの最期の様子、警察から聞いた？」

「いや、詳しくは……」

「脳出血だったらしい。かなり汚れているみたい」

「……」

加奈子ちゃんが塩釜署まで来てくれることがわかって、うれしかった。兄とはすでに離婚している彼女が、兄の遺体の引き取りに立ち会う義理などこれっぽっちもない。それでも、そのときの私は、「斎場に直接来てくれればいいよ」と加奈子ちゃんに言ってあげることができなかった。誰かに、そこに一緒にいて欲しかったからだ。

次に連絡を取ったのは、良一君が保護されている児童相談所の担当職員の河村さんだった。調べてこちらから電話をかけた。

電話に出た女性に事情を説明すると、数分の保留ののち、河村さんが電話に出てきた。穏やかに、丁寧に話をする男性だった。

「お電話くださってありがとうございます」と河村さんは言うと、良一君の様子を教えてくれた。落ちついてはいるけれど、兄の話になると口をつぐんでしまうような状態だそうだ。

「葬儀の日程はお決まりでしょうか。できれば良一君を斎場までお連れして、お父さんと最後のお別れをさせてあげたいとは思っているのですが……」

そう言いつつも河村さんは、ただし、すべて良一君次第です、すべて本人の意志に任せますとくり返した。その河村さんの説明の仕方から、児童相談所に子どもが保護されることの意味合いを再認識した。

いくら私が良一君の親権を持っていた兄の唯一の妹であっても、良一君に自由に会うことはおろか、良一君の行動に直接関与することはできない。そして今のところ、葬儀に行くかどうか聞くと、黙り込んでしまう状況らしい。

「五日の午後には塩釜署から斎場に直行する予定です。詳細が決まりましたらまたお知らせしますので、どうぞ甥のことをよろしくお願いいたします」と告げて、私は電話を切った。

甥に関しては、かなり幼い姿しか記憶にない。いったいどんな少年に育っているのだろう。

次に連絡をしたのは、父方の叔母（父の妹）だった。偶然にも、兄の亡くなる数ヶ月前に数年ぶりに連絡を取っていたのだ。そのきっかけを作ったのは、実は兄だった。

「この前、叔母さんに連絡したら、ガン無視されたぜ」というメッセージが届いたのは、夏の終わりのことだった。金の無心でもしたのだろうと思って、「借金を頼まれると思ってびっくりしたんじゃないの」と短く返信した。

「ハハハ、その通りだよ。俺なんて、天涯孤独だね。誰にも頼ることができないよ」と悪びれるでもなく返してきた兄には、そのまま返信をしなかった。

私はすぐに叔母にメールを書いた。

「兄が迷惑をかけたみたいですね。いつもすいません。仕事で東京に行くときがあるので、ぜひ会いましょう」

叔母はすぐに返事をくれ、「会えるのを楽しみにしてるよ」と書いてくれていた。

兄の死を伝えると、叔母はとても驚いた様子だった。

兄は、母方の親戚よりは、父方の親戚と親しかった。兄が職を転々としていた頃、兄を心配した叔母の家に居候していたこともある。

長年小学校教師として勤めてきた叔母は、明朗で、面倒見のいい人だ。正しさと常識を重んじる言動や生き方は、わが一族のなかでは変わり種で、いかにもベテラン教師といった雰囲気だった。私はそんな叔母が昔から好きで、あのときは久しぶりに連絡を取れたことに喜んでいた。

叔母は私の話を聞くと、「あたしも行くよ、塩釜まで。あの子に会いに」と言った。涙声だった。

東北新幹線はやぶさ

電話を切ると、すぐさま東北新幹線はやぶさの席を予約し、大宮駅から乗るという叔母が隣の席を予約できるよう手配した。

はやぶさの車窓から見る大宮は、想像よりも大きな街だった。

叔母はいつもの調子で、早足でさっさと通路を歩いて私が待つ席までやってきた。五年前に母の葬儀で会ったときとちっとも変わらない若々しい姿だったが、若干白髪が目立つようになっていた。叔母のそんな姿を見て、私はドキッとした。

喪服を着ていたのだ。

当然と言えば、まったく当然のことだ。何しろ、私たちは兄を荼毘《だび》に付すため塩釜署に向かい、その足で斎場に行くのだから。

しかし、肝心の喪主である私は、あろうことか普段着ではやぶさのシートに収まっていた。喪服のことなどすっかり忘れていたのだ。

膝の上に載せていたバックパックには、犬の散歩用ジャージと軍手と本を一冊入れてあるだけだった。

私は恥ずかしさで赤面しながら、じっと自分の足元を見た。動きやすいように、スニーカーを履いている。どれだけ迂闊《うかつ》なのだ。

やっちまった……と、真っ赤になっている私に気づかない様子で、叔母はいつものように、こちらをチラリとも見ずに片手をさっと上げて、「あら、お久しぶり」と言い、私の横のシートにすとんと座った。

これが彼女のスタイルだ。

「ご無沙汰してます、叔母さん。こんなことで呼び出してすいません」

「いいのよ、親戚なんだから！　それで、どういう状況なの？」と、叔母は特徴的なハスキーな声で聞いてきた。

長らく教壇で児童に呼びかけていたからだとは思うが、めちゃくちゃ声が通る。私たち二人の座る三列シートの通路側に座っていたサラリーマンの男性が、ぎょっとしてこちらを見た。

私は順を追って説明した。

亡くなったのはアパートのなかで、十月三十日の午後だったこと。第一発見者は良一君で、彼が救急車を呼んだこと。今は児童相談所に保護されていること。塩釜署で遺体を引き渡されたら斎場に直行すること。今回の滞在中でなんとかしてアパートを引き払い、これから先のことを決めなければならないこと。

すべてを聞いた叔母はため息をついて、「ばかだねえ、あの子は。可哀想にね」と言い、右手で銀縁の眼鏡に触れながら声を震わせた。

「昔からあなたに迷惑ばかりだね。でもあの子、悪いところもいっぱいあったけど、誰にも嫌われることはなかった。小さいときから心だけは優しい子だったんだよ、誰よりも……」

目元を拭いながら叔母はそう言った。

私たちの隣に座っていた男性が、私たちの会話に引き込まれ、聞き耳を立てている様子が手に取るようにわかった。

心だけは優しい子

兄は、母が膵臓《すいぞう》がんだとわかった直後に、私たちの生まれ故郷から宮城県多賀城市への転居を決めた。七年前のことだ。

これにはさすがに驚いた。何せ兄と母は、まるで運命共同体のように常に近くで暮らしながら、互いに精神的に、金銭的に、依存し合って生きてきたからだ。

父の死後、母は何でも兄の言う通りにした。たとえば、それまで四十年以上経営してきたジャズ喫茶を改装してスナックにすればいいという兄の突然のひらめきに従い、母は大金をかけて店を改装し、若い女性を何人か雇い入れた。私からすれば、それまで長い年月をかけて築き上げてきた私たち家族の思い出を、父が愛した場所を、一瞬にして消されたほどの衝撃だった。

スナックの経営は間もなく破綻したが、その後も母は兄を盲信し続けた。同時に、さまざまな形で兄を援助していた。元妻の加奈子ちゃんと離婚してからは特に、母の住む実家に立ち寄っては金の無心をすると母から聞かされていた。母が遺した日記にも、その苦悩は綿々と綴られている。

それなのに、母に残された時間がそう長くないとわかった直後に転居を決めるとは、母を捨てるも同然のことと私には思えた。

母はよく、「あなたは冷たい人だけれど、兄ちゃんは優しい子だから」と言っていた。

そして、「兄ちゃんには寂しい思いをさせたから、わがままになっちゃったのよ」と、言いわけのように付け加えた。寂しい思いをさせた理由は、ずいぶんあとになってから母に聞いた。私が子どもの頃病弱で、入退院をくり返していたために、兄は親戚に預けられることが多かったらしい。兄はどんどん寂しがり屋になり、いつも泣いていたそうだ。

本当にすべて私のせいだったのだろうか。私が病弱だったから、兄は今のような人間になったとでも言うのか？　私は疑問に思い、母に反発した。すると母は必ず、このセリフで私の言葉を封じ込めた。

「あんたは何も知らないだけ」

兄は確かに優しいところもある人だった。

動物が好きで、子どもも好きで、涙もろい人だった。しかし、次々とペットを飼っては、ろくに世話もせず、あっという間に死なす人でもあった。涙もろさは、欺瞞《ぎまん》であり、まやかしだった。嘘ばかりつく人だった。

乱暴で、人の気持ちが理解できない勝手な男。

母が兄をどう庇《かば》おうとも、私からすれば、そんな兄だった。


三十年前に父が死んだとき、葬儀が終わり実家に戻ると、兄は私を徹底的になじった。

葬式中に兄が母に対して、「ろくに看病もせずに親父を死なせたのはあんただ」と言ったから、私は兄に、「ろくに看病をしなかったのは兄ちゃんじゃないか、それまでいちども病院に来なかったのに、パパが危篤になったらようやくやってきて、廊下でママからお金をもらって帰ったじゃないか」と反撃したのだ。

兄は私を睨みつけたが、親戚の手前、何も言わなかった。その代わり兄は、家に戻った直後に大声で私を罵倒しはじめた。罵倒というよりは恫喝《どうかつ》だった。それはいつまでも続き、母は泣き、私は根負けしてその場から逃げた。

その日を境に、私は兄を兄とは思わなくなり、形式的なつきあいでさえ避けるようになった。母は私と兄の関係に心を痛めたが、最終的に兄の味方をすることを選んだ。私は母との間にも距離を置くようになった。

とうとう兄の引っ越しが決まった日、母は不安そうな声で私に電話をかけてきて、どうしたらいいだろうと言った。

母の声を聞いて暗澹《あんたん》とした気持ちになった。相手が末期がんの母だとわかっていても、「勝手に行かせればいいじゃん」と答えることしかできなかった。母が私に何を求めているのかが理解できなかった。

私にどうしろっていうの？　兄を止めろとでも？　悪いけど、関わり合いになりたくはない。

「近々帰るから」と言うと、私は電話を切った。

この電話から一週間ほどしてからのことだ。母が再び電話をかけてきた。兄が転居先の多賀城市でアパートを借りるが、賃貸契約のために保証人が必要だという。大家さんが、高齢の母以外の保証人をつけて欲しいと言ってきたそうだ。母は、一生のお願いだから、兄のために保証人になってくれと私に懇願した。

私は母の話を怒りに震えながら聞くと、「それは悪いけどお断りします」と言って、勢いよく電話を切った。

すると、直後に兄から電話がかかってきた。

「頼むよ、最後のチャンスなんだ。多賀城で正社員の仕事が見つかったんだよ。お前にだけは、絶対に迷惑をかけない。俺と子どもを見捨てないでくれ。一生の頼みだ」

「絶対に嫌」と答えた。

子どもを見捨てないでくれと言った兄の言葉に猛烈に腹を立てていた。

子どもを盾にするとは、堕ちるところまで堕ちたものだ。兄は、私が断ることができないとわかってやっているのだ。あの人は、すべてわかっていて、そのうえで私にプレッシャーをかけてきている。

私は最後まで嫌だと譲らなかった。

とうとうあきらめた兄は電話の最後に、思い出したように、「それからお袋が言ってたけどな、お前は他人に対して厳しすぎるって。何様なんだ、偉そうにってさ！」

と大声で言った。

翌日になって、また母から連絡が入った。母からだとわかっていたので、電話を取らなかった。すると、何度も、何度もかかってくる。仕方なく出ると、母は号泣しながら、「お願いだから」とくり返した。

私が兄のアパート契約の保証人になったのは、こういった経緯だった。

はじまった滞納

二〇一九年の夏頃から家賃の滞納が続き、兄のアパートの管理会社から私のところに連絡が入るようになっていた。

「もう少しで滞納が三ヶ月になります。三ヶ月を超えますと、保証人さんに支払って頂かなければならないことになるんです」と管理会社の男性は申しわけなさそうに言った。

私は兄の携帯にメッセージを送り続けた。

「家賃を払ってください。迷惑かけないって言ったよね？　迷惑かけるんだったら、あなたとは他人になります」

私から出る「他人」という言葉が、兄は何よりも嫌いだった。

五年前の母の葬儀で人目を憚《はばか》らず泣いていた兄は、棺の蓋が閉められると「母ちゃん、ありがとう」と大きな声で言った。そして私を振り返って、「俺たち、二人きりになっちゃったな」と言った。

兄妹なんだから、これからも仲良くしよう、助け合っていこう。そんなことを涙ながらに言う兄に、何か恐ろしいものを感じた。兄は誰かに助けてもらわなければ生きられない人だった。それまでも、両親、配偶者に頼り生きてきた。それをすべて失った兄が、すがるような目で私を見ていた。逃げろ、逃げるんだ、全力で……私は心のなかで何度もくり返した。

それ以来、私はことある毎に、「私はもう結婚したから」と兄に言い、兄との間に一線を引いてきたつもりだった。あなたは私に依存することはできないのだと、しっかりと釘を刺してきたつもりだったのだ。

何度メッセージを送っても反応しない兄に業を煮やし、携帯を鳴らした。何十回も鳴らした。とうとう根負けした兄は、翌日になってメッセージを返してきた。

「明日入金することで話はついています。もう他人なんですね。電話をする顔がないです。迷惑かけてすいません。病気をしてから生活がガタガタなんです」

糖尿病で高血圧の持病があった兄は、二〇一六年には狭心症となり、カテーテル治療を受けていた。それ以来、体調が完全に戻っていないことは私も知っていた。気持ちが揺れはじめた。一ヶ月分だけでも払ってやったほうがいいのだろうか。

兄はしばらくして、「せがれのために頑張りますけど、追いつめられて追いつかないんです」と書いてきた。しばらく悩んだが、私は返信をしなかった。

すると、私からの返信を求めるように、「迷惑かけてごめんなさい。こんなことになるとは思ってもいなかった。情けないです」と、兄は書いてきた。

私はそれでも、返信をしなかった。過去の軋轢《あつれき》を思い出して怒りに震えながらも、体調を崩している兄が心配で仕方なかった。しかし、ここで折れたら、いつか必ず痛い目にあうとわかっていた。


以前、こんなことがあった。

母の葬儀で兄は、喪主を務めたにもかかわらず、大事なことは何一つしなかった。代わりに、母の死後に必要なさまざまな手続きや支払いはすべて私が行ったが、兄はそれが不満だったようだ。

葬儀を終えて多賀城に戻るというタイミングで、私をつかまえて、「お前、いくら稼いだんだよ」と言った。


「どういう意味？」

「お前、葬式でいくら稼いだんだよ」

「稼いでないよ」

「葬式代払っても、少しは残るんだろ？」

「残るわけないじゃん。これから先、どれだけ支払いがあるかわかってる？」

「なあ、頼むから分けてくれよ。このままじゃあ、多賀城に戻れないんだよ」

「そんなこと、なんで私に関係あるの？」

「お前、俺を見捨てるのかよ。頼むよ、これが最後だから」


私は心の底から恐怖を感じた。ついに兄はターゲットを私に絞ったのだと思った。

私は急いで財布から五万円を出すと、押しつけるようにして兄に渡し、「これが最後だからね」と言って、逃げるようにしてその場を離れた。兄は私の背中に、「ありがとうな！」と大声で言った。

警察署にて

叔母と子どもの頃の思い出話で盛り上がっていたら、あっという間に仙台駅に到着してしまった。

仙台は快晴だった。立派な駅ビルの窓から一瞬眺めただけでも美しい街だとわかり、こんな美しい街なのに素通りか、牛タンを食べることもできないなんてと残念に思った。


仙台駅からは仙石線に乗り換え、塩釜に向かった。下車するのは塩釜署最寄りの本塩釜駅だ。

移動中、叔母は自分の孫の成長について、うれしそうに話してくれていた。私はうんうんと頷きながら、叔母の充実した暮らしぶりが伝わってくる、愉快なマシンガントークを聞いていたが、駅に近づくにつれ、プレッシャーに押しつぶされそうになっていた。

兄は本当に死んだのだろうか。今から兄の遺体と対面し、そして火葬をするなんて本当のことなのか。


閑散とした本塩釜駅に叔母と降り立ち、Ｇｏｏｇｌｅマップを頼りに塩釜警察署を目指した。

駅から徒歩十五分ほどの距離のはずだったが、大がかりな道路工事が行われており、迂回しながら、ようやくクリーム色の大きな建物に辿りついた。宮城県警塩釜警察署だ。

私は少しだけウキウキしながら、そこにいるはずの加奈子ちゃんの姿を探した。今までずっと、加奈子ちゃんと自分の関係は良好なものだと勝手に考えていた。兄との離婚後に顔を合わせたこともあったが、彼女は常に明るく接してくれた。だから、こんなときとはいえ、私は彼女と再会するのを楽しみにしていたのだ。

警察署入り口の灰色の鉄扉のあたりに、グレーのコートを着た細身の女性と、背の高い女の子が立っているのが見えた。

加奈子ちゃんと、加奈子ちゃんと兄の間の長女、満里奈ちゃんだった。

加奈子ちゃんは喪服とパンプス姿だった。喪主で唯一の肉親である私が、普段着のワンピースとスニーカーで現れたというのに。

「加奈子ちゃん、久しぶり！」と努めて明るく声をかけると、加奈子ちゃんは微笑んだが、緊張しているのが手に取るようにわかった。

加奈子ちゃんの横に立っていた女子高生の満里奈ちゃんは、ぺこりと頭を下げた。最後に会ったのはずいぶん前だが、面影は残っていた。目の大きな、かわいい子だ。右手にiPhoneをしっかりと握り、緊張した様子である。

叔母も加奈子ちゃんのことはよく知っているので、挨拶もそこそこに、私たち女四人は塩釜署に入っていった。急ごしらえの、兄の遺体引き取りチームである。

塩釜署は、まさに絵に描いたような、ステレオタイプな警察署だった。塩釜署というよりは七曲署《ななまがりしょ》と呼びたいほど、建物全体が昭和の雰囲気を醸し出していた。ねずみ色の古めかしい事務家具と、壁一面に貼られた指名手配犯ポスターが、いかにも田舎の警察署だ。

天井から下がった分厚いプラスチックの行き先表示も、警察官が座る机を仕切る磨《す》りガラスのはまったパーテーションも、すべてが古ぼけていて、私が子どもの頃によく見ていた昭和の景色そのものだった。

入り口すぐ脇にあった小豆色のベンチに叔母と満里奈ちゃんを座らせ、私と加奈子ちゃんで受付窓口に行った。

「あのう、兄の遺体を引き取りに来たんですが……」と私が言うと、すでに話は通っていたようで、すぐに眼鏡をかけた坊主頭の若い警察官が出てきてくれた。

「村井さんはどちらですか?」と聞かれ、私は右手を上げた。

「それじゃあ、ご親族ということで村井さんだけこちらにどうぞ。担当の山下が出ておりまして、私が代わりにご案内しますんで」と言われ、えっ、もうご対面? と一瞬焦ったのだが、簡素で薄暗い、小さな部屋に通されただけだった。

ボロボロの事務机が一つとパイプ椅子、壁に沿うように並べられたねずみ色のファイル棚が二つあるだけの部屋だった。

取調室ってこんな感じなのか? と思って、ちょっとワクワクした。

季節外れの扇風機がぽつんと置いてあり、壁には「写真撮影禁止」と書かれたポスターが貼られていた。ポスターの四つ角に貼られたセロハンテープが黄色く変色し、めくれてきていた。

ガタガタのパイプ椅子に座ってしばらく待っていると、先ほどの警察官がファイルを持って現れた。どかっと私の向かいのパイプ椅子に座り、眼鏡の位置を正し、ファイルに挟まれた書類をめくりながら、忙しそうに読み上げた。

「死亡推定時刻は十月三十日十六時頃、死因は脳出血。第一発見者は息子さんで、今、児童相談所に保護されているということ。ええとそれで、葬儀屋さんとはお会いになりました？」

「いえ、塩釜に到着したばかりで、まだお会いできていませんが、ここで待ち合わせをしているんです」

警察官は、わかりましたと言い、ガタッと立ち上がって部屋を出て行った。ベルトを締めた腰のあたりから、制服のシャツが少しだけはみ出していた。そして、あっという間に大柄な男性を連れて戻ってきた。葬儀社の担当者、児島さんだった。署の入り口で待っていてくれたらしいが、行き違いになっていた。

児島さんは二メートルもあるかという巨漢だった。長めの髪をポマードでオールバックに撫でつけ、ほこり一つついていない、いかにも高級そうな喪服を完璧に着こなしていた。声は低く、狭い部屋のなかでよく響いた。磨き上げられた銀縁の眼鏡の奥の目は、緑がかったグレーだった。柔らかな笑みを湛《たた》えていた。

「担当の児島でございます」と落ちついた低いトーンの声で言いながら、私に名刺を手渡した。石けんのにおいがした。そして脇に抱えていた大きな茶封筒から、さっと一枚の紙を取り出すと、警察官に手渡した。兄の死体検案書のコピーだった。

「こちらでございます」と言う児島さんに警察官は、お、ありがとうございますと小さく言うと、再び部屋から慌てて出て行った。児島さんは笑顔のまま、何も言わなかった。

すぐに警察官が戻ってくると、私に何種類かの書類を見せ、署名をさせた。そして、

「これで、手続きは終わりです」とあっさり言った。

焦った私が「い、今から会うんでしょうか……？」と聞くと、警察官はブンブンと首を振って、「いやいや」と言った。

「そういう状態じゃないんで」

「……え？」

「ここではお見せできないんですよ」

「状態が悪いということですか？」

「いやいや、お見せできる感じじゃないんスよ」


その言葉に私が完全に困惑していると、警察官の父親ほどの年齢の児島さんが、静かな声で割って入った。

「お兄様のご遺体なんですが、今現在、何も身に着けておられない状態ですので、わたくしどもの納棺師がご遺体をきれいにいたしまして、お着物を着せてさしあげようと思っております。つきましては、そちらの費用が三万八千五百円になりますが……」


ここで、「いいえ、どうせ火葬するのでお着物はけっこうです」と言うガッツのある人はいないだろう。何せ、相手は二メートルを超えるような巨漢である。そのうえ、まるで私が血も涙もない人間のように聞こえてしまうではないか。覇気《はき》ゼロの声で、お願いしますと頼んだ。

警察官と児島さんのあとをとぼとぼと歩いて小さな部屋を出た。

塩釜署の入り口付近で待っていた叔母と加奈子ちゃんは私の姿を見ると、揃って立ち上がった。

「今から？」と加奈子ちゃんが聞いた。

「いや、今から納棺師さんがきれいにするって。だから、対面は斎場らしいよ！」

私たちはなぜだか妙に明るく、花嫁のお色直しを待つ親類のように、キャッキャと会話した。私は心底ほっとしていた。

ああ、これでやっと火葬ができる。

妙にテンションが上がってしまっている私たちのところに、児島さんがゆっくりと、静かに近づいてきた。

「火葬まで二時間ほどございますが、斎場のほうに向かわれますか?」

私は加奈子ちゃんの顔を見て、「アパート、行く?」と聞いた。加奈子ちゃんが、当然とばかりに頷いた。

兄のアパートは塩釜署からタクシーで十分ぐらいの場所にあり、火葬まで時間があったら、とりあえずなかを確認しようと事前に二人で計画していたのだ。

大家さんも、私がこの日にやってくることを知って、朝から今か今かと待っているはずだ。

「とりあえず、アパートを見てきます」と児島さんに言うと、児島さんは笑みを浮かべて、「わかりました、それではこちらでお待ちしておりますので、午後一時ぐらいまでにはお戻りください」と答えた。

さっそく大家さんに連絡を取り、今すぐ向かうと伝え、叔母には暖かい塩釜署のなかで待つよう頼んだ。

叔母は手に持っていた三つ折りの東京新聞を掲げて、「あたしにはこれがあるから心配しないで!」と、大きな声で言った。

兄のアパート

静かな住宅街に建つ、川に面したパステルカラーの二階建てアパートだった。向かい側には大きな団地がある。周囲にはきれいな住宅が建ち並び、道路にはゴミ一つ落ちておらず、一見して環境の良い地域に思えた。

私たちがタクシーを降りると、アパートの前に駐車していた白い軽自動車から、野球帽をかぶったおじいさんが勢いよく出てきた。大家の田辺さんだった。

慌てて挨拶する私たちに田辺さんはあまり答えず、鍵を私に手渡すと、「ここの一階ですから」と言葉少なに言い、あっという間に去って行った。怒っているのか、それとも急いでいるのか。私には判断ができなかった。

加奈子ちゃんを見ると、それまであった笑顔がすっかり消えている。満里奈ちゃんは緊張した面持ちだったが、それも無理はない。アパートの周辺は、物音一つせず、静まりかえっていた。

この瞬間をずっと怖れていた。

失禁、嘔吐、とんでもなく散らかった部屋……塩釜署の山下さんから断片的に得た情報だけで、修羅場は容易に想像できた。地獄と化した兄の部屋は、私たちの目の前にある、安普請《やすぶしん》なドアの数メートル先に広がっている。

ドアの下部についたポストの投入口の上にガムテープがべたりと貼り付けてあり、そこに黒いペンで「ポスティングおことわり」と書いてあった。記憶にある兄の字だ。

鍵穴に差し込んだ鍵を、なかなか回す勇気が出なかった。

しばらく立ちすくんでいると、すぐ後ろに立っていた加奈子ちゃんが、「覚悟決めましょうよ、もうやるしかないよ」と言った。

私は、「う、うん……」と答えて、差し込んだ鍵をゆっくりと右に回した。

なんの抵抗もなく、するりと鍵は開いた。

ゆっくりとドアノブを回した。

最初に感じたのは、強い異臭だ。

これは人間が放つ臭いだと直感した。生ゴミというよりは、液体が腐ったような、強烈な悪臭だ。

大きな男物の靴やブーツが積み上げられた狭い玄関のあがり框《かまち》に立ち、あたりを見回した。加奈子ちゃんも満里奈ちゃんも、まだドアの前に立っていた。

正面に見えたサッシの窓から、太陽の光が燦々《さんさん》と差し込んでいた。

玄関左手にトイレと風呂場、正面がダイニングキッチンだった。ダイニングキッチンを囲むように、六畳間が三部屋配置されている。加奈子ちゃんが、百均で買ったというスリッパをさっと差し出してくれた。

加奈子ちゃんからありがたくスリッパを受け取って履くと、悪臭に耐えながらキッチンにゆっくりと入っていった。キッチンシンクには汚れた皿がうずたかく積まれている。シンクのなかの洗い桶には水が張られ、そこにも皿や椀が突っ込んである。

つい最近まで調理をしていた雰囲気が色濃く残っていて、フライパンには何かがこびりついており、菜箸は左右が勝手な方向を向いて乱雑に転がり、調味料の蓋は中途半端に開いていた。塩ラーメンの袋が、兄が両手で引っ張り、開封したそのままの形でそこに残っていた。

油とほこりにまみれてべたつくクッションフロアを歩くと、スリッパがフロアに張り付いて、ぺたりぺたりと音を出した。

インスリンの自己注射用注入器が入った箱、大量の飲み薬、発泡酒の空き缶、四リットル入りの焼酎ペットボトル数本、生ゴミの入ったゴミ袋、衣類、カップ麺など、ありとあらゆるものが散乱していた。冷蔵庫の側面には、ほこりまみれの宅配ピザのメニューが吊り下げられ、子どもが好きそうなシールがベタベタと貼られていた。

キッチン全体に油とほこりが厚くこびりつき、壁、床、シンク、キャビネットなど、そこにあるすべてが飴色に変色していた。こびりついた油の上に積もったほこりの、そのまた上に油が付着し、そこに再び厚くほこりが積もって綿毛のようにふわふわと揺れていた。タオル掛けの手拭きは真っ黒だ。

冷蔵庫の横には大きな水槽が二つあり、亀と魚が飼われていた。とんでもなく臭う。児童相談所の職員さんから、良一君がペットの亀と魚をとても心配していると聞いていた。両方ともかろうじて命を繋いでいたが、この哀れな生きものをどうしたらいいのかまったくわからない。ペットが生きていたことに安心しながらも、あまりの光景に絶句していた。

ドブのような臭いのする水槽で生きている亀と魚に餌を与え、次に、キッチン奥のリビングに入っていった。

二人がけのフェイクレザーのソファは座面が破れ、なかのクッションが飛び出していた。垢で汚れた薄い綿布団が丸めてその上に置いてあった。ソファの前に置かれた小さな四角いテーブルの上には、飲みかけのペットボトルのコーヒーが三本並んでいた。郵便物の束の上に不安定に置かれた大きなガラス製の灰皿には、たばこの吸い殻が山となっていた。

塗り薬、ライター、眼鏡、ペン、時計、内側に真っ黒く茶渋がこびりついたマグカップ、ティッシュの箱……ありとあらゆるものが散乱している。

兄がソファに座り、ペットボトルのコーヒーを飲みつつ、両目を細めてたばこを吸っている姿が見えるようだった。

つい最近まで兄がここで生きていて、暮らしていた様子を捉えた映像が、ものすごいスピードで私の脳内で再生されていった。兄の呼吸する音まで聞こえてくるようだった。

気怠《けだる》そうにソファに座り、リモコンでテレビのスイッチを入れ、たばこに火をつける。

ペットボトルのキャップをひねり、甘ったるいコーヒーを勢いよく飲む。

ため息をつきながら、家賃をどうやって払おうか、ボサボサの髪を掻きむしって考える。

兄の魂は、たぶんまだここにいる。そう思ってぞっとした。

恐怖を振り払おうと、リビングの窓を開け放った。

窓は生活道路に面しており、右手に川を見渡すことができた。日当たりがとてもよく、風も通る場所だ。

地獄からの逃げ道を確保したような気持ちだった。深呼吸をして、心を落ちつかせた。

塩釜署の山下さんの「生活をされていた、そのままです」という言葉の意味は、現実を目撃するまで理解できなかった。兄の遺したこの大量の遺品を処分することが、私にどうやってできるというのだ。

幸せコレクション

五年前に母が死んだとき、その遺品の多さに唖然とした私は、常に身辺整理を意識するようになり、自分の荷物も半分ほどに減らしてしまった。自分自身が大病をした二年前からは、本以外はあまり物を増やさなくなった。衣類も新しいものを手に入れれば、古いものはバッサリ捨てた。

しかし兄はどうだ。収集癖のあった兄のアパートはまさにガラクタの倉庫となっていた。

リビングに設置されていた棚には古いフィギュアが多く並び、加奈子ちゃん曰く、なかには価値の高いものがあるということだった。だからと言って売りさばく気にもなれない。売るも何も、かなり汚れが目立つのだ。

兄のアパートのなかを見回してみると、すべての物の時が一年ほど止まっているように見えた。

すべてが油にまみれ、ほこりが積もっている。アパート全体が汚れの層に覆われている。部屋の隅から隅まで、貧困という大きな刷毛《はけ》で、べったりと塗りつぶされたかのようだ。


バックパックを背中から降ろしてソファの上に置き、コートを脱ぎ、さっそくテーブルの上の荷物を確認していった。兄はゴテゴテとした派手なアクセサリーが好きで、そんなところも、私が兄とはまったく趣味が合わないと考えていた理由でもあったが、大ぶりのブレスレットがいくつも転がっていた。

ナイフ、モデルガンといったガラクタを避けていくと、大きなキーホルダーが出てきた。加奈子ちゃんに「あったよ」と言って見せた。

塩釜署の山下さんから電話で「多賀城市内の移動には車が必要ですね。車がないと、このあたりでは何もできませんよ」とアドバイスを受けていた私は、兄の車で市内を移動しようと目論んでいたのだ。アパートの前にはぎっしりと工具の積み込まれたシルバーのワゴン車が停められていて、私も加奈子ちゃんも、それが兄の車だと直感していた。


次に見たのは、玄関から見てキッチン右手にある、良一君が過ごしていたと思われる部屋だった。

アパートの外通路に面する小さな窓のあるその部屋は薄暗く、物が溢れていた。壁には子ども服が何枚もかかっていたが、そのほとんどが小さなサイズで、今の良一君に着ることができるものではないと思った。

床には古い教科書やまんが、文具がうずたかく積まれていた。小さなテーブルが部屋の隅にあり、そこだけはきれいに片付けられていた。

小学生が過ごしていた部屋にしてはあまりにも雑然としている。兄とは別の部屋で寝起きしていたことに少し驚いた。


最後に確認したのは、異臭の発生元、兄の寝室だった。

鴨居に物干し竿が渡してあり、そこに山のようにジャケット類や洗濯ものが吊されていた。まるで鍾乳洞だ。

「あの人、服が好きだったから」と、大量の衣類を見た加奈子ちゃんが言った。なかには私にも見覚えのある革のジャケットもある。

部屋に入ってすぐ左手にベッド、右手の隅に小さなちゃぶ台が置いてあった。

畳の上には水玉模様の薄いラグが敷かれていた。そのラグの上に、不自然にタオルケットがかぶせられ、その下に茶色いシミが広がっているのが見えた。タオルケットの横には乱雑に丸められた薄い肌掛け布団があった。丸めて汚れを拭き取ったように見える。

ベッドに敷かれた布団は薄汚れていて、ちょうど枕があったあたりに、真っ黒いシミが残っていた。シーツにしわが寄り、兄がそこに寝ていた様子が見えるようだった。

黒いシミは吐血なのか下血なのか私には判断がつかなかったが、枕元のサッシの窓から差し込んだ強い西日の下で異様にくっきりと鮮やかに見えた。その眩しいほどの西日を遮るためか、大きなすだれがサッシの窓に吊り下げられていたが、一部は破れ、たっぷりとほこりをつけ、斜めに垂れ下がり、ほとんど外れかけていた。

私も加奈子ちゃんも、その部屋に踏み込む気にはなれなかった。「ヤバいね」と言った私に、加奈子ちゃんは頷いただけだった。


リビングにいた満里奈ちゃんが、「ねえ、見て」と加奈子ちゃんを呼んだ。

満里奈ちゃんが指した薄汚れた壁を見ると、写真が何枚も画鋲で留められていた。その多くが家族写真だった。満里奈ちゃんは、ぼろぼろと涙をこぼしていた。加奈子ちゃんと結婚していた頃の、家族旅行の写真、四十年以上前に撮影された、私と兄と両親の白黒の家族写真、そして、幼い私と兄が肩を組んで笑いあう写真だった。

幸せコレクションだと私は思った。

兄の五十四年の人生で、もっとも幸せだった時期の写真を集めたコレクションだ。

私たちは部屋の確認を済ませると、急いで塩釜署に戻り、そして斎場へと移動した。

火葬

斎場内のシンプルな四角い部屋のほぼ中央に、兄は安置されていた。

簡素な祭壇があり、ひっそりと花が手向《たむ》けられていた。あまりにも慌ただしい展開で、遺影は用意できなかった。

児島さんがカゴに入った花を持ってきてくれ、「どうぞ最後のお別れをなさってください」と言って、棺の蓋を開けた。

私が突っ立っていると、叔母が私の背中をつつき、「ほら、あなたから！」と言った。えっ、私？　と言いつつ、棺に近づいて、恐るおそる兄の顔を覗き見た。

兄だ。

髪に白髪が交ざり、瘦せてはいたが、確かに兄は棺のなかで横になっていた。

叔母は涙を流しながら、「可哀想に」と兄に声をかけ、手を合わせた。私もなんとなく手を合わせた。加奈子ちゃんと娘の満里奈ちゃん、火葬の時間の十五分前に、児童相談所の職員さん二名と滑り込むようにして斎場にやってきた良一君が、兄の棺に近づき、緊張した面持ちで花を手向けた。

加奈子ちゃんは兄に対して小さな声で「パパ、ありがとうね」と言った。満里奈ちゃんは大粒の涙を流していた。良一君は何も言わず、棺の側に立ち、キョロキョロとあたりを見回していた。

私は児島さんに、「触ってもいいですか?」と聞いた。

児島さんは、さっと右手を差し出して、もちろんですと言わんばかりに大きく頷いた。

私はたぶん、生まれて初めて、兄の額に触れた。触れると少し冷たくて、肌はまだ柔らかかった。兄の額に手を当てながら、もう二度と見ることがないその顔を、最後にいちど、しっかりと見て、別れを告げた。

兄ちゃん、さようなら。

兄の死に顔に直面してもなお、涙は一滴も流れてこなかった。

再起をかけていた

火葬が済んで兄の遺骨を膝の上に置き、加奈子ちゃんが運転する兄の車の助手席に座りながら、アパートへと急いだ。

その途中、本塩釜駅近くで叔母を降ろした。ホテルに一泊すると言っていた叔母だったが、「あたし、やっぱり帰るね。心配しなくていいから、一人で戻れるから」と、車を降りて、さっと右手を上げると、スタスタと行ってしまった。引き止めることはしなかった。引き止められて考えを変える人ではない。

叔母にはメールですべて報告することを約束した。

兄の仕事用機材が積み込まれた後部座席で窮屈そうに座りながら満里奈ちゃんが「お腹すいたなー」と言った。あっけらかんとした満里奈ちゃんがかわいくて、「いい子に育ってるね」と加奈子ちゃんに小さな声で言った。加奈子ちゃんは、「いやあ、この子には苦労しちゃいましたよ〜」と笑っていた。


とっぷりと日は暮れ、東北特有の寒さが身に染みた。私の膝の上の兄の遺骨は、まだしっかりと温かかった。

私と加奈子ちゃんの頭のなかは、あのアパートのなかをどうにかしなくちゃいけないと、それればかりだったと思う。

ホテルにチェックインする前にアパートに寄って、生ゴミだけでもどうにかしなければならないと焦っていた。冷蔵庫にはぎっしりと食料が詰め込まれているはずだ。加奈子ちゃんは、良一君の荷物をすべて運び出したいと言っていたし、とにかく、体を動かしていないと落ちつくことができないのだ。食欲など一切なかった。

アパートに戻って明かりをつけると、当然のことながらゴミ屋敷はまだ立派にゴミ屋敷のままだった。

キッチンの窓を開けておいたにもかかわらず、強烈な臭気も消えてはいなかった。白い蛍光灯の明かりが、より一層侘《わび》しさに拍車をかけ、キッチンの油汚れを目立たせていた。水槽のなかの大きな亀が動き、甲羅がガラスを打つ、コツンコツンという音がしていた。


加奈子ちゃんと満里奈ちゃんはまっすぐ良一君の部屋に入り、必要なものとそうでないものの仕分けをはじめた。

私は一人でリビングのソファに座り、足元に四十五リットルの多賀城市指定ゴミ袋を開くと、テーブルの上にあるゴミ類をそこに放り込みながら、久しぶりに斎場で対面した良一君のことを考えていた。児童相談所から借用しているという紺色のVネックのセーターに紺色の長ズボンを穿いた彼は、大人しい少年だった。あまりにも落ちつき払っていて、心配なほどだ。

少し前髪が伸び、両目にかかっているのを加奈子ちゃんは気にしていた。久しぶりに対面したはずの親子は、それまでずっと一緒に住んでいたかのように、あっという間に打ち解け、兄が火葬されている間、話を弾ませていた。それを見ていた叔母が、少し涙ぐみながら、こう言った。

「よかったね。これで安心だね」

児童相談所の職員さんたちも、ほっとしていたように見えた。この先、さまざまな手続きがあるだろうが、良一君が多賀城市から引っ越して、彼の生まれ故郷に、母である加奈子ちゃんの元に戻ることができる日も近いだろうと私も確信した。


蛍光灯がギラギラと眩しいリビングで、兄の遺したものを一つひとつ見ながら、兄もさぞかし無念だったろうと考えていた。

どこから見てもダメな人だったけれど、こんなに突然死ぬほど悪いことでもしただろうか？　だってまだ五十四でしょ？　こんな人生の最期、なんだかひどくない？　突然倒れていきなり死んで、いろいろな人に部屋のなかに入られて、もっとも秘密を知られたくなかった辛辣《しんらつ》な妹に、こうやって汚い部屋を見られちゃうなんてさ。

足元に転がるインスリンの自己注射用注入器の空箱を拾い上げ、ゴミ袋に放り込んだ。その空箱の下から、茶封筒に入った紙の束が出てきた。兄が職安からもらってきた、求人募集の紙の束だった。

その束の最後に、兄の履歴書が重ねられていた。糊付けされた証明写真を見ると、私の記憶にある兄よりずいぶん痩せて、晩年の父にそっくりな顔つきになっていたようだ。

ちょっと笑った。眼鏡をかけている。

そう言えば塩釜署の山下さんが、糖尿病が進行して緑内障になっていたらしいと教えてくれていた。

何気なく兄の履歴書を読んだ。ちゃんとパソコンで作成したものだった。

平成四年、衛生設備業を自営
平成二四年、衛生設備業を廃業（連鎖倒産による）
平成二四年、○○鉄鋼入社（多賀城市）
平成二五年、退社（自己都合による）

以前会社経営をしていた兄には羽振りの良い時期があった。車やバイクを複数台所有し、大きな家を建てたのもその頃だ。

しかし、平成二十四年にその会社を廃業し、離婚し、多賀城への転居を決めたあたりで兄の転落がはじまったことがわかる。兄はそこから七年で、猛スピードで体調を崩し、困窮し、そして死へと突き進んだ。坂道を転がり落ちるように、崖まで一気に駆け抜けるように。

履歴書の裏には資格、免許の欄があり、兄がこれまで多くの資格を取得してきたことを初めて知った。これだけ資格を持っていても、五十四歳のおじさんともなると、仕事に就くことができない現実は世知辛いものだとため息が出た。

資格・免許の欄の下にある志望動機をなんとなく読みはじめ、引き込まれた。兄の文章を読むのは、初めてだった。

頭のなかで、兄が必死にキーボードに向かう姿が再生された。背中を丸め、見えにくくなった目をモニタに近づけて、ゆっくりと指を動かす姿が。

［志望動機］

糖尿病の合併症により、一時期仕事から離れていました。現在は治療も安定し、小学生の息子のためにも早急に生活を立て直したいと決意し、ハローワークにて求職活動をしているところです。年齢的なこともあり、若い方々との現場仕事ではご期待に添えないことも多々あるかもしれません。再起をかけて新人のつもりで気持ちを引き締めて頑張って参りたいと思っております。ご検討のほどよろしくお願いいいたします。

息子がまだ小学生ですので、学校行事、病院その他、休ませて頂くことがあるかもしれません。極力ご迷惑をかけないよう、事前に連絡調整をさせて頂きますが、子どもの緊急の場合、どうかご容赦頂きますようよろしくお願いいいたします。

手に持っていたその履歴書を急いで畳み、バックパックに突っ込んだ。言葉では説明できない感情がうねりとなって、溢れ出てしまいそうだったからだ。

履歴書にあった文字を頭のなかから掻き消して、すぐさまソファから立ち上がり、兄の寝室の入り口に立った。

もう逃げることはできない。ここを片付けなければ何もはじまらない。ここを片付けなくちゃ、兄はここから去ってはくれない。

しかし、畳に敷かれたラグの上のシミを見て、二の足を踏んでいた。何より、強烈な臭いに気圧《けお》されていた。

しばらく立ちすくんでいると、私を押しのけるようにして、良一君の部屋にいたはずの喪服姿の加奈子ちゃんがズカズカと部屋に入り、汚れたラグを畳から勢いよく引き剝がしだした。

「えっ！」と思わず声が出た私に、加奈子ちゃんは、「ほら、そっち！　早く！」と促した。

まだ心の準備ができていないんだって！　と思いつつも、加奈子ちゃんの迫力に負けた。

やらねばなるまいと意を決し、私もラグを摑んで畳から引き剝がし、加奈子ちゃんとあうんの呼吸で一気に四つ折りにして、満里奈ちゃんが広げてくれたゴミ袋に突っ込み、口を固く縛った。そしてそのゴミ袋を、うりゃあ！　というかけ声とともにキッチンに投げ込んだ。

次に加奈子ちゃんは黒いシミがついた布団を猛スピードで畳み、あたりにあった汚れた寝具まですべて畳んで、ベッドの上に次々と重ねていった。

あ、それは私が……と言いつつ、尻込みしている軟弱な私にかまわず、加奈子ちゃんは全身から強いオーラを放ちながら（なんのオーラかはわからないが）私がやるべきもっともダーティーな作業を、猛スピードでやってのけた。

これが合図だった。

私のなかで、何かのスイッチが入った。

ここからは、片っ端から兄の遺品をゴミ袋に詰めていく作業が続いた。一時間ほど作業を続け、ゴミ袋が山となってキッチンに収まりきらなくなった時点で、休憩を取った。

リビングの床に座ってペットボトルのお茶を飲んでいた加奈子ちゃんが「あー、喪服脱ぎたいなー」と言った。いつの間にか加奈子ちゃんは、アンサンブルの喪服のジャケットを脱いでワンピース姿になり、袖をまくり上げていた。

DAY TWO

宮城県多賀城市

思いがけない出来事

滞在していたJR本塩釜駅前のホテルの朝食は、思いがけず豪華だった。多賀城市内のビジネスホテルは選ばず、車で十分、駅で言えば三駅ほど離れた、お隣の塩釜市内のホテルを選んだのは、できるなら兄のアパートから遠い場所に宿泊したかったからだ。

バイキング形式ではなく、大きなトレイにおかずが三種とごはんと味噌汁、焼き鮭、漬物、納豆が載った、いわゆる「旅館スタイル」。それを年輩の優しそうな女性が、宿泊客一人ひとりに笑顔で運んできてくれるのだ。

味噌汁はしっかりと出汁《だし》がきいていて、前日に修羅場を経験した私には染み入るような美味しさだった。部屋もリニューアル済みできれいだし、宿泊費もリーズナブル。このホテル、最高だ。

昼と夜には中華レストランとして宿泊客をもてなしているという朝食会場のそのレストランには、出張組のサラリーマン一行がスーツ姿で座っていた。たぶん東京からだろう。

女性客は私一人だった。まさか兄の遺体回収とは思わんやろなぁと考えながら、味噌汁をすすっていた。

「おっ、塩釜だってよ!」と、年配のサラリーマンが突然言った。

右手に箸、左手に携帯を握ったその男性が、「宮城県警が逮捕だって。塩釜署だ!」と続けた。

「それも、ここのホテルだ! ほら、ロビーが映ってる!」と少し大きな声で言い、手にしていた携帯の画面を同席していた同僚男性三人に見せた。そして四人で一斉にワハハと笑い声をあげた。

有名タレントが覚醒剤所持容疑で四度目の逮捕をされたという。私たちは、その有名タレントが宿泊し、覚醒剤を置き忘れたという、当のホテルに宿泊していた。

確かにここは泊まりたくなっちゃう雰囲気があるねと考えつつ、そう言えば昨日、塩釜署の山下さんは忙しそうにしていたっけと思い出した。

私たちが塩釜署を出ようとしたそのとき、柔和な表情をした背の高い男性が駆け寄ってきて、「お電話しました山下です。バタバタしておりまして申しわけありません。このたびは本当に大変でしたね。遠いところをご苦労様でした」と挨拶してくれたのだ。

それにしても、いい人だったなぁ〜、山下さん。

窓際に面したテーブルに座っていた私は、早朝の塩釜の街をぼんやりと眺めながら、ここは人も景色も穏やかだと感動していた。

二日目に私たちが計画していたのは、事務的な作業を済ませること、大量のゴミを処理施設に搬入すること、児童相談所で良一君と面談すること、そして良一君が飼っていた亀と魚を、良一君が通っている小学校に預かってもらうことだった。

ゴミに関しては、私は当初からすべて特殊清掃・遺品整理サービスに作業を丸投げしてしまえばいいと考えていた。しかし加奈子ちゃんは「無駄なお金は一円でも使わないほうがいいです。やっちまいましょう」と私を説得した。

それでも、すべて私たちで処理できるわけではない。冷蔵庫や洗濯機やベッドといった大型家具については、お手上げである。

しかし、確かに加奈子ちゃんが言う通り、兄が盛大に汚していたラグを剝いでしまえば畳の状態は悪くなく、「特殊清掃が必要か」と問われれば、否、の状態まで片付けることはできていた。加奈子ちゃんの活躍で特殊清掃代は浮いたというわけだ。

この期に及んで自分の軟弱さに恥じ入りつつも、加奈子ちゃんに深く感謝した。

「ああいう人は、たっくさんいます」

豪華な朝食を食べ終え、私は加奈子ちゃんと娘の満里奈ちゃんが宿泊している多賀城市内のビジネスホテルに向かった。

多賀城駅に到着し、建物を出ると、二〇一六年に建ったばかりだという多賀城市立図書館があった。どちらかと言えば地味な多賀城の街並みだが、蔦屋書店、ファミリーマート、スターバックス、レストランが併設されたこの図書館があることで、駅前は華やいだ雰囲気だった。

街の風景を眺めつつ、歩いてホテルまで向かった。約束は八時四十五分で、ホテル近くの市役所に、九時ぴったりに突撃する計画だった。

ロビーで会った加奈子ちゃんはずいぶん疲れた顔をしていた。前日の活躍を思えば当然だ。この日はジーンズにダウンジャケットという軽快な服装で、足元はスニーカーだった。

満里奈ちゃんは、私に少し慣れたのか、笑顔を見せながら話をしてくれた。白いセーターにチェックのズボン姿が、なんだかとてもかわいい。

ホテルの駐車場に停めてあった兄の車にさっそく乗り込んで、三人で市役所に向かった。

加奈子ちゃんはこの日、良一君に必要な手続きをすべて行うと決意を固くしていた。

主には兄に対して支給されていた児童手当と、児童扶養手当関連の手続きだが、加奈子ちゃんがそれを一つひとつクリアしていく過程で、兄が生活保護を受給していたことがわかった。

多賀城市役所内を、風を切るように移動し続ける加奈子ちゃんの後を、なんとなくついて行っていた私は、加奈子ちゃんに応対する職員の男性が小さな声で「それで生活保護のことなのですが……」と切り出したとき、はっと目が覚めたような気持ちになった。生活保護？　兄は生活保護を受けていたのか？　衝撃で、そのまま何も考えられなくなった。「えっ！」と思わず口に出してしまった私を、マスク姿の女性職員がちらっと見ていた。

手続きのほとんどをものすごいスピードで一気に済ませて、私と加奈子ちゃんは無言で車に戻った。

兄が生活保護を受けていたという事実に私は大きなショックを受けていた。確かに、兄が多賀城市に転居した数年後、多賀城市役所から扶養照会（※生活保護の申請が行われると、申請者に援助ができないか確認するために親族に対して送られる書類）があった記憶はある。ただ、本当に受給していたかどうかは確信がなかった。離職をくり返しながらも、兄は仕事に就いていたからだ。

加奈子ちゃんも口数が少ないまま、エンジンをかけて、車をスタートさせた。

「生活保護、受けてたのかあ……。知らなかったな」と私が言うと、加奈子ちゃんは一瞬間を置いて、何度か瞬《まばた》きをし、「そうだったみたいですね」と言った。

「ちょっとびっくりしちゃったな。そこまで苦しかったなんてさ」

「……あの人、得意なことはいっぱいあったんです。本当にいっぱいあったのに、なんでやらなかったのかな。ああいう人は、たっくさんいます。あたし、仕事柄、よく見るんですよ。働きたくても働けない。年だからってどこも採ってくれない。履歴書に糖尿病なんて書いたらなおさらね」と、加奈子ちゃんは一気に言って、勢いよくハンドルを切った。

確かに兄は、得意なことがたくさんある人だった。

手先が並外れて器用で、根気のいる作業を何時間でも集中してこなせる人だった。

小学生の頃から、数百パーツもある精密なプラモデルを見事に組み立て、完璧に塗装をして周囲の大人を驚かせた。絵も上手く、書道も、そろばんも、スポーツも、なんでも得意だった。しかし高学年になると、授業中に椅子に座っていることができなくなった。幼い頃からの多動がエスカレートした。母が悩んでいたのを、おぼろげながらも記憶している。

中学に入学した後は、大いに荒れた。人の気持ちを理解することができず、人間関係のトラブルばかりを起こした。教師に疎まれた。高校は、進学して一週間で勝手に自主退学して家に戻り、両親を落胆させた。

両親はそんな兄を必死に説得して、地元の定時制高校に再入学させた。教師やクラスメイトとの出会いに恵まれ、兄は少しずつ落ちつきを取り戻したかのように見えた。昼間、父の紹介で就職した職場で働き、夜は高校に通った。父と母はそんな兄の姿を見て、これでようやくあの子がまっとうな道を進んでくれると、心から喜んでいた。母は泣くのをやめたし、父は怒鳴るのをやめた。しかしそんな生活は長くは続かなかった。結局兄は、定時制高校も一年で退学する。父と兄はある日、殴り合いの大喧嘩をし、兄はそのまま家を飛び出した。それから何年もの間、私が兄と会うことはなかった。兄がいなくなった家は、とても静かになった。

「確かに、得意なことはいろいろあったよね。柔道だって一生懸命やってたし」

「えー！　柔道なんてやってたんですか？」

「やってたよ。体が大きかったから、中学に入ってすぐに柔道部の顧問の先生に声かけられてさ。大会とか出ちゃったりして」

「へぇ、知らなかったなあ」

後部座席に座っていた満里奈ちゃんも「へぇ」と小さな声で言った。


私たちはまた兄のアパートに戻った。

この日の多賀城は晴天で、抜けるような青空が美しかった。日陰はさすがに肌寒かったが、日の当たる場所では少し汗ばむほどだ。

前の晩と同じように薄っぺらな玄関ドアのドアノブに鍵を突っ込み、ゆっくりと開けた。強い異臭は、前の晩にトイレと風呂場の窓を細く開けたままにしておいても、まだまだ残っていた。

とにかくやらねば終わらないと、前日の掃除で出たゴミ袋の山を乗り越え、リビングに行き、窓を全開にして風を入れながら細かいゴミを整理しはじめた。窓の近くに座り、郵便物などの中身を確認していると、前の道路に白い軽自動車が停まった。大家の田辺さんだった。

「朝からご苦労さんですね！」と、昨日とは打って変わって、人懐っこい笑顔で私に話しかけた。この変化の理由はなんとなくわかった。私が予想外にも普通の人だったから安心したのだ。

兄を知る人は、だいたいこうである。声が大きく威圧的な兄とはまったく異なるタイプの、一見マトモな妹にほっと一安心といったところだろう（中身はどうであれ）。過去にこのパターンは何度か経験している。

「おはようございます。このたびは兄が本当にご迷惑をおかけしまして」と言いつつ頭を下げる私に、田辺さんは右手を勢いよく振って、「いやいや、仕方ないよ、病気だもん！　死んじゃったんだもん、仕方ねえ、仕方ねえ！」と答えた。

私はなんと言ったらいいのかわからず、曖昧《あいまい》に笑っていた。

大家さんは敷地内に置かれた兄の遺品と思われるタイヤや自転車を指して、「これも間違いなく処分してくださいね？　十一月いっぱいは借りてもらってっから、急がなくていいけどぉ。最後の日にはね、全部きれいにしてもらえれば。あ、それから清掃はいいからね！　敷金頂いてますんで！　荷物をきれーに、ぜーんぶ、出してくれればいいんだがら！」

私は少しだけほっとした。あの悪夢のキッチンの清掃をしなくていいなんてラッキーではないか。大家さんは、女性三人がせっせと作業している姿を見て心底安心したようで、途端に上機嫌になった。

「あなたたち、どこに泊まってるの？　もしかしてホテル？」

「はい、昨日からホテルに泊まってます。今日も泊まって、それで、明日帰る予定です」

「そりゃあ、あんたたち、大変だぁ！　葬式も出さなきゃならんのに、お金がかかるだろ！　この部屋、泊まっていいよ？　ここに泊まればいいんだよ？　みんなで泊まりなさいよお！　電気だって通ってるしさあ！」

私は首をブンブンと振って、「いえ、大丈夫です！」と若干語気を強めて言った。兄が死んだ部屋に泊まるなんて絶対に無理だ。どう考えたって常軌を逸している。

大家さんが上機嫌で去って行ったあと、加奈子ちゃんにさっそく言いつけた。

「さっき大家さんがさぁ、ここに泊まってもいいよとか言うんだよね。どう考えても無理っしょ！」とクスクス笑いながら私が言うと、後ろで満里奈ちゃんもアハハと笑った。

しかし加奈子ちゃんは表情を変えず、淡々とこう言った。

「あたし、泊まれるけどな。あたし、この部屋泊まってもいいよ」

私はそれにどう答えていいかわからず、なんだかとても恥ずかしくなり、うつむいて何も言えなくなった。そのまま無言で兄のガラクタをせっせとゴミ袋に放り込んだ。

兄は夏頃から、警備員の仕事をしていたようだった。キッチンとリビングを仕切る引き戸の枠に、青と黒の特徴的な制服がハンガーに吊して引っかけてあった。

兄があの大きな体で、ユラユラと蜃気楼のような熱を放出するアスファルトにヘルメット姿で立ち、誘導棒を振る姿を想像した。額から流れる汗を拭おうともせず、排気ガスの充満する灼熱の道路に立ちながら、早鐘のように打つ心臓の鼓動を聞いていたのだろうか。

兄の衣類を眺めて思い出に浸る余裕などないはずなのに、手に取るたびに兄のことを思い、その思いを断ち切るようにゴミ袋に突っ込んでいった。突っ込むだけの簡単な作業だったはずなのに、兄が着ていた制服だけは、ハンガーから外して手に取り、しばらく眺めていた。

町内のうわさ

せっせと作業を進め、気づくと午後三時を過ぎていた。

ペットボトルのお茶を飲みつつ休憩していると、臭いを抜くため開け放った玄関ドアから、老人がちらちらとなかを覗き込んでいるのに気づいた。えんじ色のセーターを着たおじいさんが、横に立つ鶯《うぐいす》色のジャケット姿のおばあさんに、「来てる?」

様子だ。

「死んだ?」と聞いているのが、その口の動きからわかった。好奇心を抑えきれない

私はすぐに玄関先に出て行くと、できるだけ明るい雰囲気で、しかし丁寧に挨拶をした。

「このたびは兄がご迷惑をおかけしました。片付けに来ております、妹です」

「あれぇ、妹さんか! へぇ、まるで兄妹じゃないみたいだあ!」

「……デスヨネ~!」

緊張がほぐれた様子のおじいさんが、自分の首を両手で絞める真似をして、舌をべろりと出し、「これか?」と私に聞いた。横のおばあさんは、じっと私の反応を窺っていた。

「いやいや、首つりじゃなくて病死です、病死。脳出血です。すぐに救急車も警察も来てくれたので、ずっと放置されていたわけでは……」と慌てて説明した。

するとおじいさんは、横のおばあさんに向かって、「首つりじゃないんだと!」と

つぶやいた。

言った。おばあさんは、「あらぁ」と驚き、コリャ違ったかぁと少し照れくさそうに

間違ったうわさが立って、次の入居者が見つからなかったら大家さんに申しわけない。私は必死になって、興味津々の老人二人に、あれやこれやと説明した。

こんな静かな住宅街に、警察車両や救急車がやってきて、動かない兄らしき人物がストレッチャーで搬出されたのだとしたら、近所の話題を独占するに違いない。

隣人だというおばあさんの、兄に対する積年の恨み（主に騒音）をすべて聞き、何度も頭を下げ、適当に話を切り上げて部屋に戻ると、加奈子ちゃんが私にこう言った。

「そろそろ行きます？　時間も押してるんで」

気づくと、陽が傾きはじめていた。

「行きますか」と、私は答えた。

ゴミ処理施設の奈落

私と加奈子ちゃん、そして満里奈ちゃんの三人で、バケツリレーのように兄の遺品の詰まったゴミ袋を車の荷台に積み込んだ。兄の車は大型だったが、それでも十袋も積めばいっぱいである。満里奈ちゃんをアパートの部屋に留守番させ、私たちは先を急いだ。

町外れにあるゴミ処理施設には、異次元の世界が広がっていた。まず、建物入り口からして無理がある。かなりの傾斜のついた坂道になっているのだ。そのうえ、そこにずらっとダンプカーが並んでいる。素人を拒絶する気満々の施設だった。

私は途端に心細くなった。ダンプカーとダンプカーの間に、女二人と兄の遺品が詰まったファミリーカーが挟まっているのである。

「本当にここなの？」と不安を隠せない私に、加奈子ちゃんはｉＰｈｏｎｅを取り出し、Ｇｏｏｇｌｅマップで位置を確認して「間違いないですよ」と冷静に言った。加奈子ちゃんは私の何倍も肝が据わっている。

「でもなー、タイヤがツルツルなんだよねー」

「えっ、ツルツルなの⁉」

「ヤバい感じですり減ってるんですよぉ」

私は唖然とした。加奈子ちゃんは、まっすぐ前を向き、真顔に戻って、ゆっくりと瞬きをした。坂道のど真ん中で停車していた私たちの前のダンプカーが、轟音とともに前方に動き出した。

加奈子ちゃんは「行くよッ！」というかけ声とともにアクセルを踏み込んで、サイドブレーキを下げた。兄の車は後方に引っ張られるように、一瞬、ガクンとバランスを崩したが、なんとかして坂道を登り切った。前のめりになっていた私は、冷や汗をかいていた。

坂道を登り切り、事務所前に辿りつき、事前に手に入れておいた搬入許可証および一般廃棄物処分券を渡した。不機嫌そうな受付の男性が、向こうだとばかりに、薄暗く、大きくて簡素な建物内を気だるそうに指さした。

ダンプカーに続いて内部に入り、洞窟のようにぽっかりと開いた巨大な穴に向けて、車をバックで駐車した。

コンクリート打ちの床からわずか十五センチほど盛り上がった車止めの向こうは、まるで奈落だった。巨大な空間に、モンスターのようなクレーンが伸び、大量のゴミが積み上げられていた。覗き込んだら吸い込まれそうだ。

「うわ、ここ無理。私、絶対に無理」と、高所恐怖症の私が言うと、加奈子ちゃんは「大丈夫だよ。落ちたらおじさんたちが助けてくれるから」と言った。

助けてくれても、たぶん死んでるじゃん……？

私たちは、その巨大な穴に向かって、兄の遺品が詰め込まれたゴミ袋を次々と投げ入れはじめた。

おりゃぁ！
行けぇ！
成仏しろぉ！

いちいち叫ぶ私に加奈子ちゃんが笑いだし、私もつられて笑ってしまった。ゴミ袋を投げ込む加奈子ちゃんの姿があまりにもかっこいいものだから、何枚か写真撮影をした。まったく場違いな女二人だったに違いないが、不思議と幸せな気分だった。こんな私たちの姿を見て兄はどう思うのだろう。

ゴミ袋を投げ捨てながら、私は兄に対する怒りも少しずつ捨てていった。今まであった兄との確執も、ゴミと一緒に暗い穴に落ち込んで行くように思えた。しかし、養育費も支払わず、息子にこれ以上ないほど辛い体験をさせた兄への気持ちを、こんなことで加奈子ちゃんが手放すことができるとは思えなかった。

車に戻り助手席に座ると、運転席に座る加奈子ちゃんに、私は思わず声をかけた。

「こんなこと、手伝わせてしまってごめんね」

私の言葉を聞いた加奈子ちゃんは、きっぱりと、「いえ、これは私と息子のことでもありますから」と言った。

私たちは大急ぎで満里奈ちゃんの待つ兄のアパートに戻った。

良一君の小学校

山ほどのゴミを搬入し終えた私たちは、良一君が通っている小学校を訪れた。兄の死の翌日から連絡を取り続けた教頭先生と担任の先生に挨拶をするためだ。

担任の先生は、兄がアパートから搬送されたあと、児童相談所の担当者が到着するまで良一君に付き添ってくれたうえ、身の回りの持ち物をまとめ、持ち出してくれていた。電話で兄のアパートの様子を確認する私に対して、「暮らしておられた、そのままの状態ですべて残っています」と、若干緊張した声で教えてくれたのも担任の先生だった。

まだ授業中だったこともあって担任の先生には会えなかったが、教頭先生には、短い時間の立ち話でお礼を伝え、現状を報告することができた。

広々とした敷地内の自然豊かな環境に建つ小学校は、温かい雰囲気がしていた。授業が終わってから担任の先生に会いたい旨を伝え、了承してもらい、私たちはいったん小学校を離れた。次は児童相談所に良一君に会いに行くことになっていたのだ。

母と息子

児童相談所の待合室で満里奈ちゃんと座り、児童相談所の河村さんと加奈子ちゃんの事前打ち合わせが終わるのを待ちながら、兄のことを考え続けていた。

兄は実は二度結婚していて、前々妻との間に二人の子どもをもうけていた。二人ともすでに成人している。

多賀城に来る前に連絡先を調べて、彼女にも兄の死を伝えていた。とても驚いた様子で、「少し前に話したばっかりだったのに！」と教えてくれた。

「なんだか寂しそうだったよ。人恋しそうにしてたなぁ。たしか二ヶ月ぐらい前に話をしたときには、目がかすむので検査入院するなんて言ってた。いつも電話が長くなっちゃうから、『それじゃあね』って言ったら、気づいたようで、それじゃあおやすみって言ってたのに。ねえ理子ちゃん、あの人、なんで死んじゃったの？」

私はまったく知らなかったが、兄はいろいろな人に頻繁に電話をかけていた。これについては加奈子ちゃんに対してもそうで、互いに連絡をとりつつ、良一君の様子を共有していたそうだ。メールについても同様で、私にも相当数が送られて来ていた。兄はSNSのアカウントも複数持っていた。アパートには、古かったが二台のノートパソコンがあり、使用していた形跡もあった。加奈子ちゃんによると、ヤフオク！が大好きだったらしい。

マスク姿の満里奈ちゃんが椅子に座って船を漕ぐ姿を見ながら、なんだか知らないことだらけだなと思った。私は、兄のことを知っていたようで、ほとんど知らなかった。一方で、兄は私のことをよく知っていたようだ。私が新聞に書いたコラムや雑誌に掲載された新刊情報などが、切り抜いて引き出しにしまってあった。私はそれを慌ててゴミ袋に入れてしまったが、兄はどんな思いでそれを切り抜き、集めてくれていたのだろう。

「お前、いつも食いもんの話を書いてるよな」と言われたことがあったのを思い出し、うるせぇよと腹が立った。相手はもうこの世の人ではないというのに。

一時間ほど待つと、河村さんと加奈子ちゃんが待合室に戻ってきた。河村さんは、「それじゃあ、良一君をお連れします」と言って、部屋から出て行った。やっとのことで本番だ。

「今までの生活の様子とか全部詳しく聞いてきた。やっぱりすぐに連れて帰るのは無理みたい」と、一時間ほど待たせたことを気にしたのか、加奈子ちゃんは私に説明してくれた。

河村さんに案内され、私と加奈子ちゃんと満里奈ちゃんは、面談室に入った。しばらく待つと、良一君ともう一人の担当者の、優しそうな女性が入ってきた。良一君は、加奈子ちゃんと満里奈ちゃんを見て、うれしそうに少し表情を崩した。全員で席に着き、挨拶をした。河村さんが話をはじめた。

「今日はね、良一君のお父さんの妹さんも、こうやって滋賀県から来てくれました。お父さんが亡くなったすぐあとにも、僕のところに電話をくれました。それから、お母さんもお姉ちゃんも来てくれています。みんな、良一君をとても心配して、こうやって遠いところから来てくれました。君のことを、とても大事に思っている人がこんなにたくさんいる。だから心配しなくていいんだよ」

こう言うと、河村さんは加奈子ちゃんに「お母さん、どうぞ」と言って促した。加奈子ちゃんは良一君に向かって静かに話しはじめた。

「今日はりょうちゃんに話したいことがあります。残念だけど、お父さんは亡くなってしまいました。これから先、お母さんはりょうちゃんと暮らしたいと考えています。りょうちゃんはどう思いますか？」

良一君はこくりと頷いた。

「一緒に暮らせますか？」

良一君は、もういちど、頷いた。

「もう少しだけ時間はかかるけれど、お母さんと、元の家に帰りますか？」

良一君は笑顔を見せながら頷いていた。

「ディズニーランド、みんなで一緒に行こうね」

加奈子ちゃんの声が震えた。良一君は、ぱっと表情を明るくして、ディズニーランド!?　とうれしそうに声をあげた。

私たちは、三週間後に再び多賀城に戻ることを固く約束し、良一君と別れた。

学校のお友達としっかりお別れができるように、その間は、里親さんの家から学校に通えるようになったことを、児童相談所の河村さんが報告してくれた。

亀と魚

良一君の幸せな姿を見れば見るほど、それを見ることができない兄の無念を、突然絶たれた命とその運命の残酷さを思い、心が痛むという複雑な心境だった。今まで一度も兄を理解できたことはなかったし、徹底的に避けて暮らしてきた。それなのに、兄が必死に生きていた痕跡が、至る所に現れては私の心を苛《さいな》んだ。こんなことになるのなら、あの人に優しい言葉をかけていればよかった。

喜ばしいことのはずなのに、兄の孤独な死がよりいっそう強調されていく。兄の人生の清算があっけなく済んでいく。兄は舞台袖に消えたのだ。たった一人で。

児童相談所からアパートに戻る頃には、夕暮れ時になっていた。

「それにしてもなんで多賀城だったのかね。こんな縁もゆかりもない土地にさあ……いきなり東北に引っ越すって、すごく変じゃん？　なんでここだったんだろう。なんで多賀城だったのかなって不思議で仕方ないよ。だって、友達だっていなかったはずなのに」

「……似てるんじゃないかな、実家のあたりに。あのアパートの周辺、雰囲気がすごく似てるんですよ。アパートの前を流れる川なんて、そのまんまですよ。気づかなかったですか？」

「ぜんっぜん」

「アパートの近くだけじゃなくて、この街全体が、なんとなく似てるんですよ、あの人が育った場所に」


私は車窓に映る多賀城の街を見た。

砂押川《すなおし》に隣接するマンション群の外壁を、夕焼けが赤く染めていた。実家近くの漁港を真っ赤に染める、私が大嫌いだったあの夕焼けに、確かにそっくりだった。

アパートへの到着と、小学生の下校の時間が重なった。

兄の車に乗る私たちがアパートの駐車場にいるのを見て、小学生が数人、遠慮がちに集まってきた。良一君の同級生だと直感した。あちらも、こちらを良一君の親類だと気づいたに違いない。加奈子ちゃんがすかさず声をかけた。

「ねえねえ、君たち……もしかして良一君の同級生？」

一人がハイ！　と大きな声で答えた。

「良一君、元気にしてますか？　それから、亀は元気ですか⁉　良一君、すごく大事にしてたから、亀……」

「良一君も、亀と魚も元気だよ。今から小学校に行って、預ってもらえないか相談するんだよ」と私は急いで言った。

「それだったら一緒に行って、私たちからも先生に頼んでみます。一緒に行きます！」


意気投合した私たち三人と小学生数人は、良一君の通う小学校まで一緒に歩いて行くことになった。

小学校に到着すると、子どもたちが戻ってきたことに職員室にいた先生たちが気づき、良一君の担任の先生と教頭先生が出てきてくれた。私たちは良一君の同級生たちにお礼を言うと、校舎内に入っていった。

この瞬間、加奈子ちゃんに自分が頼られていることを悟った。それまで、何をするにも私を完全にリードしていた加奈子ちゃんが、小学校に来て、これから担任の先生と話をすることになった瞬間、そこに私がいることを心強く感じてくれていると確信したのだ。少しうれしかった。

教頭先生と担任の先生からは、兄の保護者としての今までの様子と、亡くなった当日の良一君の様子などを教えてもらった。

教頭先生と担任の先生の様子から、私たちを目の前にしてはあえて言及しないけれど、今までずいぶん良一君には配慮してくれていたのだろうという雰囲気が伝わってきた。何せあの兄だからなぁと、妹としては身の縮むような思いだった。

「良一君はとても賢い子です」と言ってくれたのは、担任の先生だった。

「勉強はよくできます。飄々としたところがありますけど、素直でいい子です」

教頭先生は、「お父さんからは、子育てのことで何度か相談のお電話を頂きました。携帯のゲームばかりやって勉強をせずに困ってるなんておっしゃいましたねえ。それにしても、突然のことで私たちも本当に驚いています……」

私たち三人は、良一君が転校するまで亀と魚を預かってくれるという約束を教頭先生から取り付けると、また兄のアパートに戻った。亀の水槽のなかは茶色の臭う水で満たされたような状態だった。魚の水槽は抹茶色に濁っていた。どうにかして水槽の水をある程度捨て、亀と魚を小さい容器に入れ、運ばなくてはならない。

私と加奈子ちゃんは、悲鳴をあげながら大きな亀を水槽から掴んで出して、アパート内にあったプラスチックの虫かごに入れた。魚も同じようにした。

水槽の水を、用意周到な加奈子ちゃんが新たに購入し、持参してきたポンプを使ってある程度排出し、水槽を車に積み込んだ。

私たちと亀と魚、そして水槽が小学校に到着したとき、すでに外は真っ暗だった。指先が痺れるような寒さだ。小学校も、職員室の明かりは煌々《こうこう》とついていたが、それ以外は真っ暗で、所どころ、非常灯が緑色に光っているだけだった。

私たちは真っ暗な校舎に入っていった。下駄箱の前で待っていると、再び担任の先生が出てきてくれた。

先生が貸してくれた台車に水槽を載せ、せっせと教室まで搬入し、先生たちの助けを得ながら設置を済ませた。亀と魚は仮の住処《すみか》を手に入れたというわけだ。

「ああよかった。これで大丈夫ですね」と、担任の先生はほっとした様子で笑っていた。

私と加奈子ちゃんも、ようやく肩の荷が下りた。それまで、どうにかして良一君が大事にしていたペットの命を繋ごうと必死だった。もうこれ以上、良一君に別れを経験して欲しくない、そんな思いで動いていた。

車に戻ると、突然お腹がすきはじめた。その日一日、あまりにも多くのことを経験し、神経を張り詰めていた私たちは、ほぼ何も口にできていなかったのだ。

小学校から車を出して、近くの大型スーパーに急いで向かった。

蛍光灯と業《カルマ》

知らない街のスーパーには、そこで生活する人の息づかいのようなものがある。旅先ではスーパー巡りを欠かさない私は、この日、もっともテンション高く、精力的に通路を歩き回っていた。惣菜一つとっても地域性が色濃く出るもので、珍しい惣菜を見つけては、声をあげて喜んでいたのだが、そのうち、ここは兄が通っていたスーパーなのではと考えはじめた。兄のアパートにほど近いのだから、そう考えるのが自然だった。

通路の先に兄がいるような気がしてきて、きょろきょろとあたりを見渡した。

通路に積み上げられた特売のカップラーメンの向こうにチラリと見えた男性が兄の亡霊のようで、なんだか怖くなった。兄の車の後部座席に置き去りにされたままの、三食入り焼きそばパックと同じ商品を陳列棚に見つけて、ああ、やっぱりここかと確信を持った。

袋にそっと触れる。じっと見る。

遠くの棚には安い缶チューハイが何百本も並んでいる。蛍光灯が青白く商品を照らすスーパーの通路にしばらく立ち、兄があの油まみれのキッチンに立って、缶チューハイを片手に料理する姿を想像した。

「毎日毎日メシ作って風呂入れて、一緒に寝て、学校のしたくをさせて送り出して、それから仕事に行って……。これで飲まなきゃオレもいい父親なんだろうけど、どうしたって飲んじゃうんだよなあ」

数年前に兄から携帯に届いたメッセージを突然思い出した。

大病してもなお、酒を手放すことができなかった兄を哀れに思った。唯一の救いは飲んですべてを忘れることだったのか。それが徐々に体を蝕んでいくとしても……。

生き残っているのは私だけだ。父は三十年前に、母は五年前に、そして兄まで死んでしまった。

まさか私もこのカルマに引き込まれるのか。

蛍光灯に照らされた通路の先は、別の世界に繋がっているように思えた。私は小さな惣菜のパックとカップラーメンを急いで摑み、レジに並んでいた加奈子ちゃんと満里奈ちゃんの後ろに並んだ。

DAY THREE

宮城県仙台市

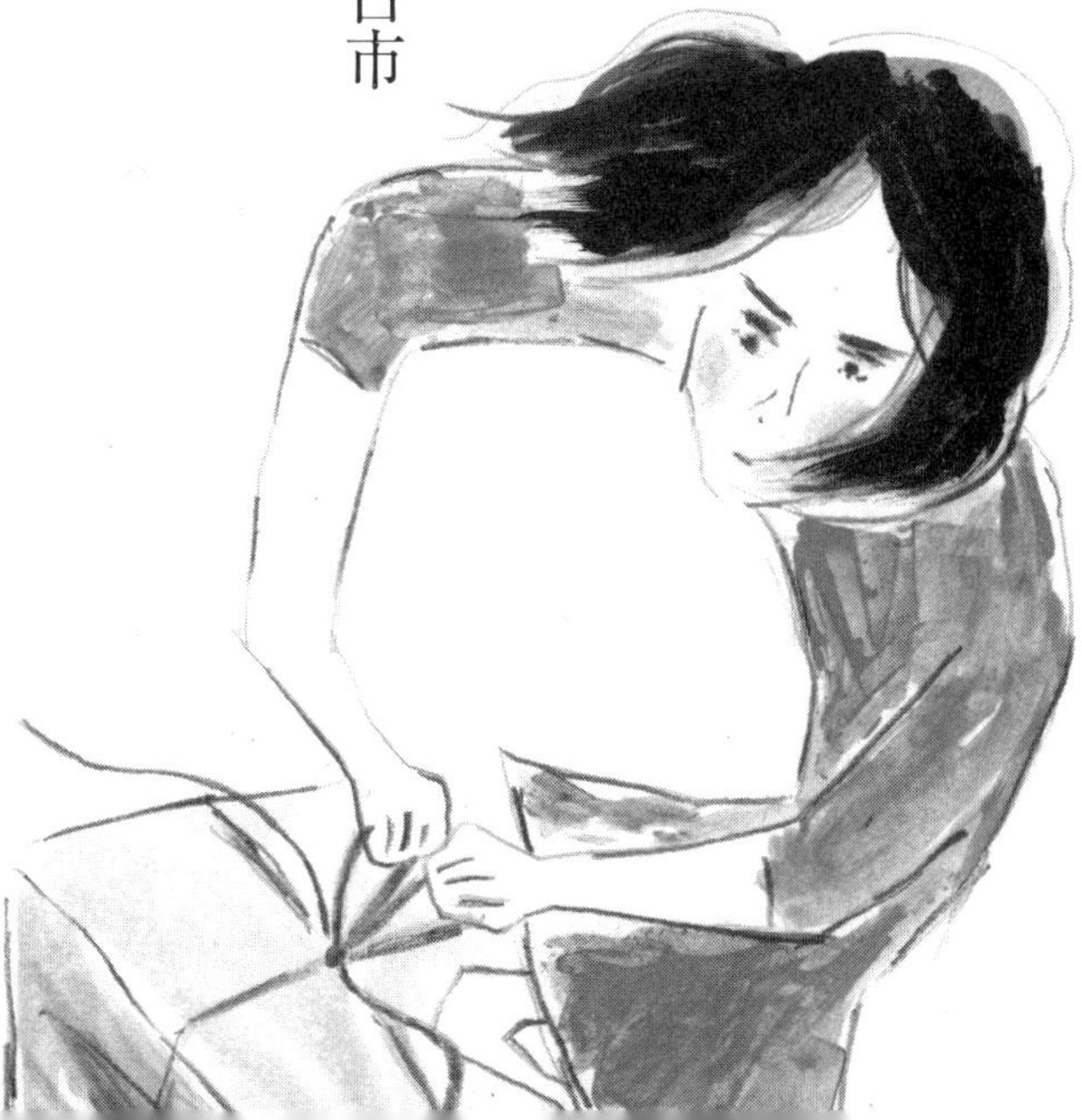

遺品整理

多賀城最終日。私たちは朝から兄のアパートにいた。特殊清掃・遺品整理サービスの佐藤さんと待ち合わせをしていたのだ。

兄の部屋を見てもらい、遺品整理の相談をすることになっていた。私の要望はシンプルで、すべてきれいに処分することだった。

これには加奈子ちゃんも賛成していた。すでに、良一君の荷物は引き上げているし、ペットも無事に小学校に搬入済み。もう何も思い残すことはない。どうにかしてここがきれいになれば、兄の人生を本当の意味で終わらせることができるはずだと私は信じていた。

三日目ともなると、あろうことか兄の汚部屋にもすっかり慣れてしまい、あれほど恐ろしかった空間が凡庸なものに見えはじめていた。

悪臭はずいぶんマシにはなっていたものの、キッチンの汚れはそのままだった。生ゴミだけは一刻も早く処理しなければならなかったが、冷蔵庫には、黒く煤《すす》けた鍋に入った味噌汁と、カレーと、兄のお手製の漬物が何種類もタッパーに入って残っていた。

なんだよ、マメな男だったのかよ。漬物漬けちゃう五十四歳か？　……オイオイまさか、ぬか床はないだろうなあ！

急いでシンク下を覗いてほっとした。さすがに、ぬか漬けはやっていなかったようだ。ぬか床まであったら泣きっ面に蜂だ。

恐るおそる冷凍庫を覗くと、タレに漬かった肉と冷凍餃子がぎっしり詰まっていて、野菜室には半分腐ったタマネギとかぼちゃが入っていた。

カレーがあるということは……という私の悪い予感は当たっていて（私の悪い予感

はたいがい当たる）、炊飯ジャーに黄色くなったごはんがたっぷり残っていた。四合か？　男所帯は米の消費がすごいな。

思わずため息が出た。なんとかしなくては……。


見積もりに来てくれた担当の佐藤さんは、丸眼鏡をかけた、黒いツナギ姿の若者だった。キャップを浅くかぶっていて、ずいぶんフットワークの軽い、人当たりのいい人だった。悪臭もなんのその、礼儀正しく、しかし素早く部屋のなかを見て回ると、真剣な顔で紙にメモを取り、「そうですねえ、かなりお荷物が多いので……ざっと二十万円ぐらいでしょうか」と申しわけなさそうに言いながら、大型家電製品の数を、イチ、ニ、サン……と数えていた。

ベランダに置かれた巨大なアルミ製のケースには、兄の仕事道具が詰まっていた。「すいません、これも忘れずに処分してください」と私が言うと、彼は素早く外に出て、重いフタを開けて、驚いていた。

「おっと！　これは産廃ですね……。これはちょっとお値段がかかってしまうなあ……もしかしたら二十五万円ぐらいになるかもしれないですねえ……」と言いながら、またしても申しわけなさそうにする佐藤さんに、それで結構です、よろしくお願いしますと私は言った。

こんなことから一刻も早く逃げ出したいし、自分ができることはすべてやったという達成感もあった。二十五万で済めば御の字だ、それでこのアパートがすべて片付くのであれば……（今考えると恐ろしいのだが、このときの私はそんな心境だった）。

見積もりが済んでもせっせと荷物を整理し続ける加奈子ちゃんを見て、佐藤さんは慌てて、「大丈夫ですよ、僕らでやりますから！　置いておいてください、大丈夫です！」と言ってくれた。


佐藤さんが帰ろうとしたときに、思いついて質問してみた。

「すいません、ちょっとお聞きしたいことが……」

「はい、なんでしょう？」

「あの……車の廃車なんですが、どうやってやったらいいか、ご存じです？」

佐藤さんは眼鏡の奥の目をまん丸くして、「廃車っすか……ええと、ちょっと事務所戻って聞いてみます！」と言い、車に飛び乗り、去って行った。

結局遺品整理は、アパートの賃貸契約が終わる十一月末日までに完了してくれることになった。

人生は助け合い

加奈子ちゃんはものすごい勢いで兄の車を運転していた。多賀城の街を走り回り、どうにかして兄の車を廃車にしようと、必死になっていた。

車をなんとかして廃車にしないことには、どこにも持って行きようがない。

アパートと駐車場の契約は十一月いっぱいまでだった。だから、今回の滞在で廃車にすることは必須だったのだ。

廃車にできなかったとすると……もう、本気でどうしたらいいのかわからない。そんな状況だった。

加奈子ちゃんが「ここは!?」と突然大きな声を出した。

それは大きめの自動車販売店だった。とてもきれいな建物で、大がかりな整備工場が併設されていた。私はこういうときに勇気が出ないタイプの人間で、「えぇ……」と曖昧に声を出しつつ返答に困っていたのだが、すでに加奈子ちゃんは素早くハンドルを左に切って、販売店敷地内に兄の車を停めていた。そして、バーンと勢いよく運転席から出ると、ズンズンと大股で進み、ショールームのドアを開けて、受付カウンターまで進んで行った。

私は加奈子ちゃんの後ろを、なんとなくうつむきながら、ついて行った。

「すいませんッ」

加奈子ちゃんはこれ以上無理なほど真剣な表情で、応対に出た男性に勢いよく話しかけた。

加奈子ちゃんはかなりの美人だ。真剣な表情をすると、美しさの切れ味が増す。

「車を廃車にしたいんですッ」

事務所内の男性陣が、チラチラと加奈子ちゃんを見る。

「……えっと……は、廃車ですね……お車はどちらに……?」

「乗ってきました。そこに停めてあるんでッ」と、さっと駐車場を指さした。

「は、はい、わかりました……」

えっ、今、わかりましたって言った?

私は加奈子ちゃんの顔を呆然と見つめた。加奈子ちゃんも私を瞬き一つせずじっと見ていた。

「もしかして廃車にできるっぽい……?」と聞く私に、加奈子ちゃんは、「できるっぽい……」と答えた。

私は思わず、「やったー!」と声をあげた(実際は後日、廃車にするためのややこしい手続きがあったのだが、私たちの事情を聞いた販売店の人が、とりあえず車を預かってくれた)。

店内にいた人たちが、何ごとかとこちらを見ていた。

書類に記入を済ませ、手数料を支払い、「やったぁ！　廃車にできる！」と、大興奮しながら加奈子ちゃんと販売店を出ると、外で待っていた満里奈ちゃんが、老人と話をしているところに出くわした。満里奈ちゃんは、ケラケラと笑っていた。

「このお嬢ちゃんから、お話、聞きましたよ」と、そのおじいさんは言った。

「お父さんが亡くなってしまったんだってね。本当に可哀想に。大変な思いをしたんだって？　それで、車を廃車にしたいの？　それじゃあ、どうやって多賀城駅まで行くの？　ここから遠いよ？　タクシー呼ぶの？　そんなことしなくていいよ、おじさんが駅まで送ってやっから」と言い出した。

私は加奈子ちゃんに、こそっと「ヤバいんじゃないの、このじいさん」と言った。加奈子ちゃんは「そうかな？」と言った。

「だってヤバいじゃん、いきなり来てさ、車で多賀城駅まで送ってくれるって、いくら私たちが可哀想で残念な人たちだったとしても、いきなり車に乗れとかないっしょ！」と言う私に、加奈子ちゃんも、「……確かにヤバいかもしれない」と返した。

私たちは、適当にアハハと笑いつつ、満里奈ちゃんの袖を引っ張って、おじいさんから後ずさりしはじめた。

そのとき、店舗のなかの男性が私たちに「すいませーん！　キーはどこです？」と声をかけた。廃車にできそうだとわかったことがうれしくて舞い上がり、キーを渡すのを忘れていたのだ。

加奈子ちゃんが急いで店内に戻り、数分後に戻ってきた。

「このおじいちゃん、ここの元社長だってさ」と加奈子ちゃんは私に耳打ちした。

「え、元社長⁉」

「そう、今の社長のお父さんらしい。あれ、僕のオヤジです、電車の時間をちゃんと言っておかないと、長くなりますよって、なかで社長が言ってた」と笑いを堪えながら言った。私はブーッと吹き出した。

結局私たちは、なぜかタクシー仕様（後部座席のドアが自動で開く）の元社長の車に乗せてもらい、多賀城駅まで送ってもらった。兄の車は無事、廃車をお願いすることができた。

「人生は助け合い。僕らも震災の後は、たくさん助けてもらったからね」と、元社長は言いつつ、私たちを駅前で降ろしてくれた。

「次はトンカツかお蕎麦でも食べに行こうね！」

元社長は明るく笑いながら言った。そして、「いやー、それにしても美人なお母さんだなあ！」と加奈子ちゃんを見て言っていた。

後日、インターネットで調べてみると、その自動車販売・整備会社は立派なホームページを持っていた。頻繁に更新され、勢いもある会社だということはすぐにわかった。

元社長にそっくりの現社長が、ピースサインを出しながら笑っている写真が掲載されていた。二〇一一年三月十一日、一月にリニューアルしたばかりだった店舗は、二・五メートルの津波によって一階部分が大破したそうだ。工場や敷地内の設備も、建物の柱と一部の壁を除きすべて流されたとホームページに綴られていた。

私たちは、三週間後の十一月二十九日、多賀城まで良一君を一緒に迎えに来ることを約束し、仙台駅で別れた。

後日、加奈子ちゃんに宛てたメッセージのなかで私は「機会があったら、あの元社長にお礼を言いに行きたいね」と書いた。加奈子ちゃんも同意していた。

辛いことばかりあった多賀城なのに、次に来る日を少しだけ楽しみにしている私がいた。

DAY FOUR

三週間後、宮城県多賀城市

空っぽの部屋

多賀城駅前で加奈子ちゃんと待ち合わせたのは午前十一時半だった。

加奈子ちゃんは私より一足先に到着し、すでにレンタカーを借りてくれていた。青い車で颯爽と現れた加奈子ちゃんの写真を写すと、「理子ちゃん、めっちゃ写真撮りますよね」と呆れられた。「すいませんねえ、記録おばさんで」と謝りつつ、自分の記録グセを呪った。

多賀城市ですでに三日間を過ごしていた私たちは、多賀城の街中にもすっかり慣れ、再び、完全に、仕事人モードになっていた。加奈子ちゃん曰く、「一分でも無駄にしたくない」という、そんな気分だった。

ランチタイムだったが、私も加奈子ちゃんも何も食べる気にならず、まっすぐ市役所に向かった。良一君の転出届を提出するためだ。

この三週間で、加奈子ちゃんは、良一君を引き取るために、数々の手続きや面談をこなし、着々と準備を進めていた。

この日、そのほとんどすべてが終了し、良一君は児童相談所の保護下を離れ、初めて、加奈子ちゃんと自由に移動できるようになる予定だった。そして、多賀城市内の小学校を良一君が離れる日でもあった。

多賀城入り当初とは違い、私たちはリラックスして、慣れた気分で市役所に入った。加奈子ちゃんが手続きを終えるのを待つ間、玄関ホールに設置されたテレビの横の自動販売機で温かいコーヒーを買い求め、テレビ前のベンチに座って書類の整理をしていた。

この市役所に来るのも最後かもしれないと思うと、なんとなく名残惜しいような気がしてくる。手に入れてあった多賀城市内の観光案内パンフレットをめくり、市役所の近くに多賀城跡があることに気づいた。

窓口近くの椅子に座って何かを待っている加奈子ちゃんにパンフレットを持って近づき、「多賀城跡ってあるんだって。やっぱりお城があったんだね」と言った。「やっぱりあるんだね、お城の跡！　あの人、お城が好きだったから、そういう理由で多賀城を選んだのかもね……」と加奈子ちゃんは言った。

ほとんどすべての作業が終わって安堵していた私は、加奈子ちゃんに、「時間があったら行ってみる？」と聞いた。すると加奈子ちゃんは若干呆れた表情で、「時間があったら、行きます……？」と言った。

確かに、加奈子ちゃんからすれば、そんな場所を巡っている気分ではないはずだ。まだ良一君を完全に引き取ることができていない状態なのだから。

のんきな質問をした自分を恥じた。

市役所での手続きが終わり、私たちは急いでアパートに向かった。遺品整理会社の担当者の佐藤さんと待ち合わせをしていたのだ。現場の確認をし、アパートの鍵を返してもらうことになっていた。

私たちがレンタカーを停めると、すでに佐藤さんは来てくれていて、車のなかからさっと出てきた。この日も黒いツナギ姿だった。

挨拶もそこそこに、私たちはアパート内部の確認をした。佐藤さんは、控えめに、きっと私たちがショックを受けないよう気を遣って、「あの、このようにさせて頂きました……」と静かな声で言った。

部屋のなかは、見事なまでに空になっていた。臭いもすっかり消えている。「うわあ、きれいになりましたね！　うれしいなあ！」と素直な感想を述べた私にほっとしたのか、佐藤さんは「へへへ」と笑った。加奈子ちゃんは、何も言わずに部屋を見回していた。

「処分していないものとしましては、エアコンのリモコン、それから鍵類、小銭、それから……」と佐藤さんは説明を続けた。

キッチンに山のように積み上げられていた皿や鍋類、冷蔵庫のなかの生ものや冷凍食品などすべて、処分してくれたということだった。「荷物、多かったんじゃないですか？」と聞くと、「そうですね、ベランダの工具類にはびっくりしちゃいました」と言い、アハハと笑った。

「本当に、大変な作業をありがとうございました」と私が言うと、佐藤さんは、「いえいえ、これが僕らの仕事ですから」と言った。

佐藤さんはすべての説明を済ませると、部屋のなかを最後にもういちど確認し、そして、「このたびはありがとうございました。遠くからご苦労様でした。どうぞお気をつけて」と笑顔を見せながら、去って行った……と思ったらすぐに戻ってきて、「鍵、渡し忘れちゃいました、エヘヘ」と言っていた。

私たちは顔を見合わせて、大笑いした。


次に待ち合わせをしていたのは、アパートの大家の田辺さんだった。

とうとう、兄の部屋を引き渡すときが来たのだ。田辺さんはいつもの野球帽スタイルでやってくると、部屋を見回し、「あーっ、これは汚ねえなあぁ！」とショックを受けた様子だった。

汚ねえなあと言われても、どうすることもできない。なんだか汚くてすいませんと頭を下げていると、田辺さんは大きなため息をつき、あきらめきった様子で、「もうしょうがねえ！　死んじゃったんだから！　死んじゃった人には何も言えないよなぁ！　敷金だけじゃあ足りないけれど、香典代わりだと思ってちょうだい！」と大声で言って、私から鍵を受け取り、ため息をつきつつ去って行った。

確かに、わずか十万の敷金でこのキッチンを回復できるとは思えない。兄が本当にすいませんと申しわけなく思いつつ、大家さんの気が変わる前に行こうぜと加奈子ちゃんに言って、良一君の通う小学校に急いで向かった。私たちに課せられた、この日、もっとも重要な仕事が残っていた。

良一君のお別れ会

加奈子ちゃんはこの日の少し前から準備を進めていた。亀と魚を小学校から自宅にどうにかして持ち帰るという計画だった。ペットショップに出向いて、安全に移動させられる方法を聞き、必要な道具や薬品のすべてを揃え、万全の体制だった。それらをバッグに詰め込んで、私たちは臨戦態勢で小学校に到着した。

受付で挨拶をすると、亀と魚を預かってもらっている、良一君が学ぶ教室の真横の教室に直進した。

部屋の後ろの棚の上に、見覚えのある巨大な水槽が二つ並んでいた。でっかい亀が元気そうにこちらを見ていた。凶暴そうな魚（肉食だというアストロノータス）も元気に泳いでいた。この二匹を小さめのプラスチックのケースに移し替え、加奈子ちゃんの家まで運ぶのだ。そして、残る水槽は、この日のうちにリサイクルショップに持ち込み、処分する。リサイクルショップの場所まで、すでに加奈子ちゃんは調査済みだった。

亀の水槽の下に、紙が貼ってあった。

「かめ吉です。よろしくおねがいします」

兄と私が初めて二人で飼ったペットが亀で、その亀の名前が「かめ吉」だった。兄はそれを覚えていたのだろうか。

そのかめ吉は、ある雨の日の朝、忽然《こつぜん》と姿を消した。

後日、母が川に捨てに行ったことを聞かされた。私も兄も大きなショックを受けた。あの日以来、私は亀が怖くなり、触ることができなくなった。良一君バージョンのかめ吉が、私が数十年ぶりに触れた亀だった。

兄が亀の飼い方を私に丁寧に教えてくれたこと、兄と二人でかめ吉と遊んでいたことを思い出した。あの頃の兄は、私に対しても、誰に対しても、とても優しい人だった。

私たちは大騒ぎしながら亀と魚をケースに移し終えた。

加奈子ちゃんは、持ってきていたさまざまな道具を使って、亀と魚をしっかりと、安全に梱包した。

隣の教室では、良一君のお別れ会が開かれていた。

担任の先生に誘ってもらい、私たちも教室の後ろに立って、クラスの様子を見守ることになった。授業参観でもないのに、教室に入っていいのだろうかと若干戸惑いつつも、子どもたちの少しテンションが上がった姿を、自分の子どもに重ね合わせた。

小学生ってやっぱり幼いなあと、少し懐かしみながら。

お別れの歌、そしてゲームが終わると、司会の男の子が、涙声になりながら、別れの挨拶をした。

その姿を見た担任の先生が、さっと顔を背け、なぜだか大急ぎで机の上を整理し、そして教室のカーテンをまとめはじめた。涙を隠していたのだと思う。

その担任の先生の様子を見て、私が泣きそうになった。


何人もの児童が、顔を真っ赤にしてうつむいている。しゃくりあげるようにして泣いている女の子がいる。

良一君は、あまり表情を変えずに座っていた。そしてお別れ会の最後になって、先生に促され、教室の前に立つと、みんなに向かって、「今までお世話になりました」とひと言だけ言った。

ひょうきんな男の子が、「おい、それだけかよ!」と大声で言うと、教室がどっと笑いに包まれた。

担任の先生が、「まあ、これが良一のいいところだから!」と笑った。

それから後は記念撮影の時間で、撮影者はもちろん、私と加奈子ちゃんだった。泣き笑う子どもたちが、ピースサインを出しながら、写真に収まった。

体のいちばん大きな男の子が、着ていたパーカーのフードをかぶって泣き顔を隠しながら、良一君に「あのとき、喧嘩してごめんな」と言った。ひょうきんで、小柄な男の子が、「おい、元気でいろよ」と言った。背の高い女の子が、「お父さんの分も頑張って」と言った。

しゃくりあげるようにして泣いていた女の子は何も言えず、ただ、良一君の横に立っていた。私が「写真、撮る?」と聞くと、頷くので、良一君と女の子を写真に撮った。

加奈子ちゃんの涙

お別れ会が終わり、空になった大きな水槽を加奈子ちゃんと二人で協力して搬出し、車に積み込んだ。

担任の先生に良一君を任せ、加奈子ちゃんと私はリサイクルショップへと急いだ。今度は水槽の処分だ。

絶対に引き取ってもらわなければ困るという強い意気込みとともにリサイクルショップに水槽を持ち込んだ私たちは、「これは三百円ぐらいにしかならないですねえ」という困り顔の店主の言葉に狂喜し、大きな声でお礼を言い、とうとう水槽まで手放すことに成功した。

「こっちが死にそう……」
「忙し過ぎ！」
「意味がわからない……」
「あともう少し!!」

私たちはきっと、とんでもない量のアドレナリンを脳内に放出していたのだろう。縦横無尽に多賀城市内を動きまわりながら、一つひとつ課題をクリアしていった。そして、達成感を全身にみなぎらせて良一君の待つ小学校に戻った。今度は、児童相談所の河村さん、三週間にわたって良一君と暮らしてくれた里親ご夫妻との面談が待っていた。

この日、最後の、そしてもっとも重要な手続きだった。


里親さんご夫妻との面談は、加奈子ちゃんのたっての希望だったそうだ。良一君に、申し分ない温かい環境と、友達とお別れする時間を十分与えてくれた里親さんに、お礼も言えないなんて申しわけないと、児童相談所の河村さんに訴えたらしい。

里親さんご夫妻は、良一君の様子を私たちに詳しく話してくれた。私たちには見せなかった良一君の一面を垣間見るようだった。

面談の最後には担任の先生も部屋にやってきて、手作りのアルバムや手紙が入った箱を良一君にプレゼントしてくれた。良一君は照れくさそうに、その一つひとつを手に取って、大事そうに眺めていた。


窓の外はすでに真っ暗だった。午後六時を過ぎ、気温も下がってきていた。誰もが疲れていた。大切な手続きを終えようとしていた加奈子ちゃんは、固い表情を崩さず、とても緊張しているように見えた。肉体的にも精神的にも、そろそろ限界なのではないかと心配になった。

「それでは、これで終わりです、お母さん、よろしくお願いしますね」という、児童相談所の河村さんのひと言で、この日のすべての予定が終了した。


「ああっ、終わったぁ！」


と加奈子ちゃんは言い、声を震わせた。加奈子ちゃんがこれほどまでに感情を露《あら》わにしたのは、このときが初めてだった。加奈子ちゃんは、私の肩に手を置き、そして「全部終わった。どうしよう、泣けてきちゃう」と言い、目頭を拭った。

部屋のなかにいた誰もが、笑顔で加奈子ちゃんを見ていた。

「よかったね。本当によかった」と私は言った。

担任の先生に促され、良一君、加奈子ちゃん、私が教室から廊下に出ると、明かりが一斉に点けられた。
明るく照らされた廊下の先で、職員室に残っていた先生たちが、良一君を見送るために並んで立って待っていてくれたのだ。

良一君は、先生たちの拍手のなか廊下を下駄箱まで進み、上履きから靴に履き替え、校舎の外に出た。

涙ぐむ先生たちは、下駄箱のところで横一列に立ち、良一君に一生懸命手を振っていた。児童相談所のみなさんも、笑顔で手を振ってくれていた。

先生たちに背を向け、私たちと一緒に駐車場に向かって歩き出していた良一君は、先生たちのほうを振り返ると、笑顔で大きく両手を振った。

先生たちから歓声があがった。担任の先生はそれを見て下を向き、うんと大きく頷き、そのまま職員室に足早に戻っていった。

駐車場で、里親さんご夫妻と別れた。良一君とご夫妻は、名残惜しそうに言葉を交わし、笑い合い、互いに手紙を書くことを約束していた。

ホテルに到着した私たちは、すぐに荷物を部屋に入れると、近くの居酒屋まで歩いて行って、多賀城名物をたくさん食べ、長い旅の終わりを祝った。

良一君も終始笑顔で楽しそうに、さまざまな話をしてくれた。良一君と加奈子ちゃんの間に横たわっていた七年の歳月は、あっという間に消え失せ、普通の親子に戻っていた。

DAY FIVE

東京

最後の別れ

宿泊していた多賀城市内のビジネスホテルの部屋でテレビを見ていると、誰かがドアをノックした。チェックアウトの時間まであと一時間という頃だった。

加奈子ちゃんだと思い、覗き穴から見ると、にっこり笑った良一君だった。

「どうしたの？」と聞くと、「おはよう」と言い、エヘヘと笑っていた。

「もしかしてヒマとか？　もうごはん食べた？」

「うん、食べたよ」

「わかった。それじゃ、今からしたくして、すぐにロビーに行くね」

したくをして急いでロビーに向かうと、良一君はロビーに備え付けられていたパソコンの前に立って、マウスを動かしていた。

「今からちょっと行きたいところがあるんだけどさ」と、パソコンのモニタを一生懸命見つめながら操作している良一君に私は話しかけた。

「ふーん、どこ?」

ちょっとごめんねと言いつつキーボードを叩き、「ここだよ、知ってる?」と、多賀城市内にある有名洋菓子店「ファソン・ドゥ・ドイ」のサイトを検索して、良一君に見せた。

「ここ、有名だよ! 行ったことはないけど、いつも人がいっぱいいるみたい」

「やっぱり! おばちゃんの友達が多賀城出身なんだけどさ、ここのコーヒーロールが美味しいって教えてくれたんだよ。だから、おみやげに買おうと思って。寄ってもいいかな?」

「うん、いいよ!」

借りていた車を返却するまでに二時間ほど時間があった。大きな荷物を抱えてロビーまで降りてきた加奈子ちゃんに、「一軒だけ寄りたいところがあるんだけど、いいかな?」と頼みこみ、了承を得た。

さっそくチェックアウトを済ませて、私たちは足取りも軽やかに車に乗り込んだ。良一君も朝から饒舌《じょうぜつ》だった。


ファソン・ドゥ・ドイはホテルから車で数分の場所にあった。閑静な住宅街のなかの二階建ての建物で、店先のオーニングテント(雨よけ)が、鮮やかな緑色で目を引いた。

静かな店内にはさまざまな種類のケーキや焼き菓子が並んでいた。最初はあまり興味がなさそうだった加奈子ちゃんも、「そうだ、発送してもらおう!」と明るい声で言って、いくつか注文しはじめた。

私はこの日の夜、下北沢の書店「B&B」でトークショーに出演する予定になっていた。会いに来てくれる人たちにコーヒーロールやカステラを渡そうと、小さな箱に詰めてもらった。自宅で待っている息子たちのためにも、ケーキとカステラを注文して、配送を頼んだ。

帰り際、従業員の男性が良一君にカステラを三つ、おまけで手渡してくれた。やったぁ！　と、うれしそうに受け取った良一君は、カステラを手にしたまま助手席に乗り込むと、「ほら、記録おばさん、写真撮影しなくていいの？」と、私にカステラを掲げて見せた。私は笑いながら、写真を撮った。

「それじゃあ、そろそろ多賀城の街ともお別れだね」と私が言うと、誰も何も言わなかった。加奈子ちゃんの運転する車が、突然速度を上げて、通ったことがない道を進み出した。

もしかして加奈子ちゃん、多賀城跡に連れて行ってくれるのかな？　と一瞬思ったのだが、すぐに加奈子ちゃんが行こうとしている場所に気づいた。兄のアパートだった。加奈子ちゃんも、良一君も押し黙ったままだった。

アパート前の駐車場に車を停めると、「ドア、開いてるかな」と加奈子ちゃんが言った。

「開いてるよ。業者さんが来るから開けたままにしておくって、昨日大家さんが言ってたもん」と私は言った。

「入っちゃっていいのかな」

「いいよ、だってあたし、ここのアパート、今日まで契約してんだから!」

私は躊躇せず、アパートのドアを開けた。

リビングのサッシ窓から、明るい日差しが差し込んでいた。

「ほら、良一君、見てごらん。お部屋、きれいになったでしょ?」

「うん、なんにもないね。ここの壁のところに、スティッチの折り紙を貼っていたんだよ。ほら、跡がついてる」

「ほんとだね。いろいろと残っていたんだけれど、全部置いておくことはできなかったんだ。ごめんね」

私たち三人は、兄と良一君が七年間暮らしたアパートの部屋を、一部屋ずつ、ゆっくりと見て回り、最後の別れを告げた。良一君は、玄関先で小さく手を合わせていた。

加奈子ちゃんは、私たちが玄関から外に出ても、リビングで一人、静かに佇んでいた。そのうしろ姿から、彼女が兄に最後の別れを告げていることがわかった。声をかけることはできなかった。

私は良一君を誘って、一足先に車まで戻った。

しばらくすると加奈子ちゃんがアパートから出てきた。良一君を加奈子ちゃんに任せ、私はもういちど、玄関まで戻り、最後に部屋のなかを見回して、「それじゃあ、行くよ」と声をかけた。

静かにドアを閉め、備え付けのポストの投入口の上に兄が貼り付けていた、「ポスティングおことわり」と書かれたガムテープを右手でゆっくり剝がしながら、「全部しっかり片付けたから、安心していいよ」と言い、車に戻った。

加奈子ちゃんは時計をちらっと確認しながら、車を再びスタートさせた。

行く先はわかっていた。良一君が通っていた小学校だ。加奈子ちゃんは言葉少なに、「お別れしようね」と言い、車を走らせた。

週末の小学校には車がほとんど停まっておらず、人の気配もあまりなかった。駐車場に車を停めると、良一君と加奈子ちゃんと三人で、少しだけ、学校の周りを歩いた。

校門から校舎を眺めながら、「いい学校だったね」と私が言うと、加奈子ちゃんが、「本当に」と答えた。

「なんだか寂しいね。先生たちも優しかったし。もうしばらく来ることもないかな。なんだか寂しくなっちゃうなあ」

良一君は何も言わなかった。

学校裏手の小高い丘から、多賀城の街が一望できた。私たちはそこからの景色をしばらく眺めて写真に収めると、車に乗り込み、駅に向かった。

父と子のクリスマス

「ねえ、なんで死んじゃったの?」

良一君に突然聞かれ、一瞬、言葉に詰まった。

加奈子ちゃんがレンタカーを返しに行っている間、私と良一君は、多賀城市立図書館内のスターバックスで向かい合って座り、私はコーヒーを、良一君はキャラメルマキアートを飲んでいたのだ。


「薬を飲み忘れたとか？」

「……いや、薬を飲み忘れたから死んでしまったわけじゃないよ」と、私はかろうじて答えた。

「それじゃ、なんで死んだの？」

利発な表情をして、良一君は私を問い詰めるように、率直に聞いてきた。

「……直接の原因は、脳のなかの血管が破れてしまって……」と、説明しながら、違う、彼が聞きたいのはそういうことじゃないと思った。

彼は、自分がどうにかしていれば、父を助けることができたのではと考えているのだ。どうやって説明するのがベストなのか、猛スピードで考えつつ、焦りながら言葉を選んでいると、しびれを切らしたように良一君はこう畳みかけた。

「脳の血管が？　それで？」

「ええと、脳の血管が破れて、血液が漏れてしまったらしい。それが直接の原因なんだけどね。でも、人間って、どれだけ気をつけていても、どれだけお薬をきちんと飲んでいても、死んでしまうときがあるから……」と、私はワケのわからないことを慌てて付け加えた。

良一君に、兄の死はあなたのせいではなく、どうにもならない運命のようなものだったと伝えたかったのだ……失敗したわけだが。

良一君は私をじっと見て、この人は何を言っているのだろうという表情をし、そして「わかった」と言って、あっさり話題を変えた。私も気を取り直して、良一君に質問した。

「ねえ、ここの図書館、来たことあるの？」

「いや、初めて」

「じゃあ、スタバは?」

「初めて」

「ここ、オシャレだよね。またいつか来たいね。上のレストランなんて、すっごくステキ」

「まあね」

「良一君、本は好き?」

「うん、好きだよ」

「担任の先生がさ、お別れに小説をプレゼントしてくれたよね。あれってすごいことだよ。だって、良一君があの難しい小説を読める子だって思って、先生はプレゼントしてくれたんだもん。実はおばちゃんも読んだことがあるんだけど、あれ、すごくいいよ。本屋大賞とかいうのにも選ばれちゃってる本だよ。時間ができたら読んでね」

「わかった。読む」

私は手に持っていたコーヒーカップをじっと見つめたまま、何を言おうか迷っていた。本音を言えば、兄のことを聞きたくて仕方がなかった。

どんなお父さんだった？
優しかった？
嫌なヤツだった？
ちゃんとごはんは作ってくれていた？
倒れていたとき、どんな様子だった？

そんな質問を投げかける代わりに私は、「ねえ、牛タンって食べたことある？」と聞いた。良一君は笑いながら、「ない！」と答えた。

「それじゃあ、仙台駅で牛タン弁当買おうよ。新幹線に乗ったら一緒に食べよう。おばちゃんとお母さんと良一君でちょうど三人だから、指定席は三列シートにしようよ。牛タン弁当、この前、満里奈ちゃんが仙台駅で買って、うめえ！　って言ってたらしいしさ」
「いいね！　俺、電車も新幹線も初めてだ！」

「え、電車も初めてなの⁉　それじゃあ今日はすごい一日になっちゃうね！　東北新幹線なんて、めちゃくちゃ速いんだよ！　瞬きする間に百メートル進むんだからさ！」

良一君はギャハハと笑った。

「嘘つけ！」

「本当だよ、今にわかるって！」

レンタカーを返却した加奈子ちゃんが、スターバックスに戻ってきた。

「バッチリ返しました」と弾むような声で言い、そして、「それじゃ、行きます？」と、良一君が店内まで運び、加奈子ちゃんが戻るまでしっかりと守っていた大きなスーツケースのハンドルを握った。

スーツケースの上には、亀が入った保温バッグと魚の入ったバッグが置かれていた。それを水平に保つように気をつけながら持つと、私たちは多賀城駅に行き、チケットを買い、寒風吹きすさぶ仙石線のホームに立った。

今度良一君に会えるのはいつになるだろう。数ヶ月、いや数年先かもしれないし、二度と会えないかもしれない。兄と横顔がそっくりの良一君を見ながら、私はようやく、ひとつだけ突っ込んだ質問をした。

「クリスマスってどんな感じで過ごしてた？」

「クリスマスは、ケンタッキーフライドチキンと小さなケーキをお父さんが買ってくれてた」

「あ、それ写真で見たことある！」と、加奈子ちゃんが言った。

「へぇ、ケンタッキーとケーキなんてステキじゃん」と私が言うと、ホームの先をじっと見ながら、「うん」と、良一君は小さな声で言った。幼い頃の兄の面影と重なった。

「今年のクリスマスは、お母さんと一緒だね」

「うん」

「楽しみだね」

「うん」

「クリスマスが終わったら、お正月まであっという間だなあ」と加奈子ちゃんが言った。

「はぁ、また一年が終わるなあ〜」と私が言った。

初めて多賀城に来た日にはあれだけ重かった心が、すっかり軽くなっていた。ホームから見える多賀城の景色が、妙に美しく、穏やかに見え、名残惜しくてたまらない気持ちだった。加奈子ちゃんも、良一君も、きっと同じように感じていたと思う。

好きだよ、多賀城。私たちに優しくしてくれてありがとう。

兄ちゃん、本当に、本当にさようなら。

私たちは仙石線のホームに入ってきた普通電車に乗り、仙台駅に向かった。仙台駅で牛タン弁当を買い込んで、東北新幹線に乗って、あっという間に東京駅に着いた。私はその足で下北沢に向かうため、みどりの窓口の前で、東海道新幹線に乗り換える二人と別れた。

別れ際、「一枚だけ記念写真撮らせてよ！」と頼むと、加奈子ちゃんと良一君は二人並んで、笑顔でピースサインを出した。

うれしそうに微笑む良一君のピースサインは、高く掲げられていた。

エピローグ

兄をめぐるダイアローグ

多賀城市役所生活支援課保護担当者の話

——すいません、少しお伺いしたいことがありまして。

「はい、どんなご用件でしょうか？」

——実は、先月亡くなった兄が、生前、多賀城に住んでおりまして、生活保護を受けていたんです。

「……はい」

——それで、兄が亡くなる前の様子を知りたいと思いまして、電話しております。どんな経緯で生活保護を受給するに至ったのか、兄はどのような生活をしていたのか、就職状況はどんな感じだったのかなぁと……。

実は私、遠方に住んでおりまして、兄とはここ数年、一切会っていなくて、兄が多賀城でどんな暮らしをしていたのか、どうやって生きていたのか、まったくわからないのです。そもそも、あまり交流のなかった兄で、知っていることが少なくて。お聞かせ頂ける範囲でいいので、ぜひ教えてもらえないでしょうか。

「あの……、もしかして、先日市役所にお越しくださった方ですか?」

——はい、そうです! あのとき、窓口でお話させて頂いた、本人の妹です。

「お兄さんに関しましては、僕が担当させて頂いておりました。ちょっと確認いたしますのでお待ちください」

(一分ほど保留)

「もしもし、お待たせいたしました。どのようなことをお話すればよろしいでしょうか?」

——兄は、いつ頃から生活保護を受けていたんでしょうか?

「お兄さんが生活保護を受けることになったのは、今年の九月からです」

――ということは、亡くなる前月からということだったんですね。

「そういうことになります。病院への受診が一年以上できていないという状況もあり、生活保護が決定したという経緯があります」

――一年も受診できていなかったんですか。

「そうだったようです」


――一年も通院していなかったとは知りませんでした。兄を担当してくださっていたということなので、ご存じだとは思いますが、兄はとても饒舌というか、とてもおしゃべりで、やかましい人だったという印象があるのですが、どうでしたか？

「(笑) 確かに、いろいろとお話してくださる方でしたし、こちらにも何度も来てくださいました。

子育てに悩まれているだとか、未払いになっている学費があるとか、まあ、そのようなことをよく話してくれましたね。生活周りのことを、ちょっとした愚痴みたいな感じで、世間話的にお話してくれました。明るい方でしたね。なんでも素直に話してくださる方でした」

――（笑）なるほど。兄らしいですね。就職状況はどんな感じだったのでしょう？

「お兄さんは、比較的すぐに仕事を見つけられる方だったんですよ。亡くなる一週間前にも正社員での再就職が決まっていたんです。それを報告してくださったので、私も喜んでいたのですが、突然亡くなったということで、こちらとしてもとても驚きました……」

――そうですか、一週間前に……。

「ええ、そうです。確か、警備員のお仕事だったと思います」

――ああ、確かに。制服が何着か部屋にありました。新しい仕事をはじめるというときに亡くなったわけですね。

「そういうことになります。頑張っておられただけに、残念です」

――……すいません、お仕事中にありがとうございました。亡くなる前の兄のことがわかってうれしいです。兄がいろいろと、本当にお世話になりました。ありがとうございました。

良一君の里親夫妻の話

――このたびは、本当にお世話になりました。

妻「良一君、本当にいい子で、私たちも楽しかったんですよ。ほんの二週間でしたけど、いろいろな場所に遊びに行って、美味しいものもいっぱい食べたんです」

――ありがとうございます。本当に、なんとお礼を言っていいのかわかりません。

妻「良一君、大皿で料理を出すと遠慮して食べてくれないから、ランチプレートに盛りつけて出してみたんです。ハンバーグだとかトンカツだとか、そういったものが好きでした。なんでもたくさん食べて、うれしそうにしてくれました」

——私が記憶している兄は、料理好きだったんですが、アパートのキッチンは汚れていましたし、宅配のピザが多かったようですね。あまり作ってあげられなかったのかもしれませんが……。

妻「お兄さん、ずいぶん体調が悪かったんでしょうね。すごく辛かったんじゃないかと思います」

夫「良一君、宿題もちゃんとやっていましたよ。僕が同じぐらいの年だったときに比べたら、すごくしっかりしているし、賢い子です。明るくて、いたずらなところもあって（笑）」

妻「そう言えば、お父さんと住んでいたアパートを見に行きたいって頼まれたので、三人で行ったんです。窓の外からしかなかは見えなかったんですが、壁に貼ってある折り紙を指さして、あれは僕が貼ったものだって教えてくれたんですよ。

それから一週間後ぐらいに、もういちど見に行きたいって頼まれたので、もういちど見に行ったんです（笑）。そしたら今度は部屋が片付けられた後だったみたいで、壁の折り紙がなくなったねって、寂しそうに言っていましたね」

妻「良一君、たぶん、お父さんのこと、好きだったと思いますよ。悪口なんて、いちども言いませんでしたから」

夫「僕が、週末にどこに行きたい？　って聞いたら、『お父さんと乗りに行く約束をしていた観覧車に乗りたい』って言うんですよ。だから、僕が代役を務めさせて頂きました。夜景がとてもきれいでした」

妻「お兄さん、きっと、頑張って子育てされていたと思います。それは、短い間だったけれど、良一君と一緒に暮らして、私たちにも伝わってきました。そうそう、最終日、三人で川の字で寝ようかって聞いたら、いいよって言ってくれて（笑）。三人で一緒に寝ました。楽しかったです」

＊＊＊

私たちが幼い頃、母は兄に「オオカミ少年」の話をくり返し聞かせていた。嘘をついたらそのうち誰もあなたを信用してくれなくなって、そして本当に助けが必要なときに、誰も手を差し伸べてくれなくなるのよ。嘘ばかりついていては、いつか必ず罰《ばち》が当たるんだから。母はそう何度も兄に言い聞かせていた。

五十四歳のオオカミおじさんは、本当に助けが必要なとき、この世でたった一人の妹に手を差し伸べられることなく、誰にも看取られないまま死んでいった。

オオカミが来た！　という精いっぱいの声は、妹の耳には最後まで届かなかった。誰よりもさみしがり屋のオオカミおじさんは、たくさんの荷物とわずかな思い出を残して、駆け足の人生を終えた。

多賀城から戻って数週間が経ち、兄に関するすべての手続きや、必要だった支払いが完全に済むと、死の一ヶ月ほど前に兄から届いていた最後のメッセージを読み返した。そのメッセージは、多くの絵文字とともに、こう綴られていた。

今月も金がなくてじり貧だよ。
でも仕事は見つけたんだ!!
いろいろと迷惑かけて申しわけないね。

あとがき

加奈子ちゃんとは、東京駅で別れて以降、時折連絡を交わしている。忙しい生活が伝わってくる文面だが、同時に、良一君と暮らしはじめた喜びに溢れた様子が窺える。良一君は新しい学校にもすっかり慣れ、元気に暮らしているということだ。亀も魚も元気だと、写真が送られてきた。

兄の遺骨は今、わが家のもっとも騒がしい場所に置かれている。遺骨の前を毎日、中学生の息子たちが、夫が、私が、ペットの犬が、バタバタと通り過ぎる。家族の誰も気にも留めていないようだけれど、私は兄の遺骨の前を通るたびに、兄のことを考える日々を過ごしている。兄がそこにいることに、不思議と安らぎを感じている。すでに亡くなっている両親から、兄を任されたような気がしている。

今でも兄を許せない気持ちはある。そして、そんな気持ちを抱いているのは私だけではないと思う。兄はさまざまな問題を引き起こし、多くの人に辛い思いをさせ、突然去って行った。

そんな兄の生き方に怒りは感じるものの、この世でたった一人であっても、兄を、その人生を、全面的に許し、肯定する人がいたのなら、兄の生涯は幸せなものだったと考えていいのではないか。だから、そのたった一人の誰かに私がなろうと思う。

共に旅してくれた加奈子ちゃん、私たちを支えてくれた多賀城のみなさん、心から、ありがとうございました。

村井理子

むらい・りこ

翻訳家／エッセイスト

1970年静岡県生まれ。琵琶湖のほとりで、夫、双子の息子、愛犬ハリーとともに暮らしながら、雑誌、ウェブ、新聞などに寄稿。主な連載に、『村井さんちの生活』（新潮社「Webでも考える人」）、『犬（きみ）がいるから』（亜紀書房「あき地」）。著書に『犬ニモマケズ』『犬（きみ）がいるから』（亜紀書房）、『村井さんちのぎゅうぎゅう焼き』（KADOKAWA）、『ブッシュ妄言録』（二見書房）など。訳書に『サカナ・レッスン』（キャスリーン・フリン著、CCCメディアハウス）、『ダメ女たちの人生を変えた奇跡の料理教室』（キャスリーン・フリン著、きこ書房）、『ゼロからトースターを作ってみた結果』『人間をお休みしてヤギになってみた結果』（共にトーマス・トウェイツ著、新潮社）、『黄金州の殺人鬼』（ミシェル・マクナマラ著、亜紀書房）などがある。

X（旧ツイッター）：@Riko_Murai

ブログ：https://rikomurai.com/

兄《あに》の終《しま》い

2020年4月7日　初　　版
2024年1月24日　初版第9刷

著者
村井理子

発行者
菅沼博道

発行所
株式会社 CCCメディアハウス
〒141-8205 東京都品川区上大崎3丁目1番1号
電話　販売049-293-9553 編集03-5436-5735
http://books.cccmh.co.jp

校正
株式会社円水社

印刷・製本
株式会社ＫＰＳプロダクツ

ISBN978-4-484-20208-2